A RICHT CUDDY
and ither fables

First published 1995
Scottish Children's Press
PO Box 106, Aberdeen AB9 8ZE
Tel: 01224 583777
Fax: 01224 575337

For details of an audio cassette which accompanies *A Richt Cuddy*,
featuring many of the fables, contact Scotsoun, Glasgow

Scottish Children's Press is an imprint of
Scottish Cultural Press

British Library Cataloguing in Publication Data
A catalogue record for this book is available from the British Library

ISBN: 1 899827 02 1

For help with some of the more unfamiliar Sots words consult

An A-Z of Scots Words for Young Readers

ISBN: 1 899827 03 X

also published by **SCOTTISH CHILDREN'S PRESS**

Printed and bound by
Hobbs the Printers, Totton, Hants

A RICHT CUDDY
and ither fables

by

WILLIAM J RAE

Illustrated by Norman Glen

SCOTTISH CHILDREN'S PRESS

To my grand-children
Michelle, Jamie, Kirsty and Lynsey Rae,
in the hope that they and other children
will come to love and enjoy the guid Scots tongue

Acknowledgements

Scottish Children's Press wishes to acknowledge, with thanks, permission to reproduce the following fables from the journals in which they first appeared: *Lallans* – A Richt Cuddy (1982), Hamish the Hirplin Hare (1981), Mr Ken-Aathing (1984), The Discontentit Flee (1985); *Chapman* – The Cock and the Fox (1979), Hughie and the Yalla Monster (1989), The Ootlin Puddock (1979), Ogilvy the Daftie Owl (1985); *Weighbauk* – Luve at First Sicht (1981), also *Wittens* (1983); *Leopard* – The Stirkie's Staa (as A Tale of Colin the Calfie) (1993); *Northwards* – The Whyles Magic Puddock (forthcoming); *Scots Glasnost* – A Muckle Craitur (1993). And to Jordanhill College for permission to use Three Gleg Craiturs (1980 and 1987); also to be published (1995) by the Scottish Consultative Council on the Curriculum.

The publisher also acknowledges help and assistance from the Scottish National Dictionary Association and their publications, particularly *The Concise Scots Dictionary* and *The Scots Thesaurus* (Chambers).

SCOTTISH CHILDREN'S PRESS

concentrates on works in the Scots language, and books
written in English but with an identifiably Scottish content

Contents

1 *A Richt Cuddy*

Sweerbreeks and Fushionless were twa cuddies wha tuik bairns for rides ower the sands at Aberardoe beach. They had their ain wey o daein things. They niver steirt themsels whaun auld Jock McGinty first gied them the word tae muive aff. They aye pit on a bit ack o bein hauf-asleep for a meenit or sae. Syne they wad dig their heels hard intae the sands, as if tae daur Jock tae gar them gee their ginger. Wi that, he wad haud a whip heich abune his pow, and they wad stotter forrit a bit, afore diggin in their heels aince mair. Syne he'd gie them a powk wi the end o his whip, and

aff they wad gang, daunerin like twa retired cairthorses oot in a park at nicht. Wi nae hashin themsels, they didna hae tae cairry ower mony geats in ony day's darg. It wis whit Sweerbreeks caa'd 'savin themsels', and they were weel suitit wi their life.

But it wisnae the same efter Jock bocht a third cuddy. You see, McGinty had a grandson caa'd Tam juist ready tae leave the schule, and there wis nae job for him tae dae. Nou, it wis a richt braw summer for aince, sae it seemed a guid notion tae get anither cuddy. Young Tam could tak chairge o't on the sands.

Weel, it turnt oot tae be a different kinna craitur frae Sweerbreeks and Fushionless. It wis a birkie young cuddy caa'd Mustard, and sae fou o smeddum wis he, the ither twa wunnert if he wis a richt cuddy ataa. The meenit a bairn wis safe up on his back, Mustard couldna wait tae muive aff ower the sands. Nae that he gallopit, mind. He wis ower muckle o a cuddy for that. But he skelpit alang at sic a pin, he gied rides tae twice as mony geats as Sweerbreeks and Fushionless in ony day.

The aulder cuddies were sick scunnert o him, and had words wi him aboot it, on the third nicht he wis in the stable wi them.

'Dae you nae think you're juist a bit ower willin, laddie?' Sweerbreeks spiert at him. 'The wey you gang fleein aff on the sands is like tae gie an auld chiel like me a hairt-attack, ay, juist seein it…'

'And you micht tak a thocht for yoursel,' addit Fushionless. 'You could gie yoursel ane, cairryin on like yon, young though you be. It's nae mensefu, hashin on the wey you dae. It's nae richt for ony cuddy.'

Mustard wis real hingin-luggit kind. 'I'm richt sorry aboot it,' said he. 'But, dod, I canna help mysel. It's somethin in me. I juist hae tae be on the muive, you ken. I think ane o my forebears maun hae been uist by an explorer or some faur-stravaigin kinna chiel.'

'That's aa verra weel,' replied Sweerbreeks, 'but Fushionless and me are come o ordinaur, decent cuddy stock. Oor forebears were whit ony cuddy should be – sweer and thrawn. And anither thing – wi you prancin aboot the wey you dae, hou lang dae you think it'll be afore Jock there is seekin tae gar Fushionless and me cairry as mony bairns as you, ilka day?'

'I hadna thocht aboot that,' said Mustard. 'I'll slow mysel doun a bit – or try tae, onywey. But it's nae easy whaun you hae yokie feet.'

'Aye, and you've black legs anaa, I dout,' muttered Fushionless aneth his breath. 'I dinna like the luik o that.'

The neist mornin Mustard fairly tried. He watched Sweerbreeks and Fushionless diggin in their heels, and he chaved tae dae the same. But wi a bairn on your back and yokie feet, there's but ae thing you want tae dae. His heels wadna dig in wi him; insteid, they caa'd him forrit, shoggin blythe-like ower the beach. And waur nor aa, Mustard wis gien mair oats in his feedin-bag that nicht nor Sweerbreeks and Fushionless.

'This beastie wad need extrae meat,' said Jock tae Tam. 'We maun keep up his strength.'

Sweerbreeks gat richt warked-up.

'Daes that nae beat aathing?' he cried. 'Nou you're tae get mair meat nor us. You're nae wordy o the fair name o a cuddy.'

Puir Mustard wis black affrontit.

'Gin you could get your neb intae my poke, you'd be richt welcome tae share the extrae oats, sae you wad. Honest, I dinna want tae be a dawtie. And richt eneuch, I fair tried tae gang mair slow-like, but I canna help mysel. I'm that fou o pith, you see…'

'Weel,' said Fushionless tae Sweerbreeks, 'I think you and me will stop speakin tae him ere he caa's a mair canny gait like oorsels.'

'I'm richt wi you there,' replied his auld freend. And for

a gey while they wadna gie Mustard sae muckle as a myaut. It didna maitter though he tried tae speak tae them. They niver lat on he wis there.

There's nae sayin hou lang this micht hae gane on. But syne auld Jock gat tae hear o cuddy races takkin place nae faur awa at Strathwinkie Sands. Sae he tuik Mustard aff the rides for the weans, pit the craitur in a bit horse-box, and awa they gaed tae Strathwinkie. Jock wis shair that Mustard wad win the Grand Cuddy Derby and a muckle hillock o siller as a prize for himsel.

That nicht, whaun Mustard wis pitten back in the stable, he luikit richt dowie. Fushionless wadna speak tae him, but Sweerbreeks wis mair nosey, and couldna haud himsel frae sayin, 'Sae you're back? I thocht he wis ettlin tae sell you whaun I saw you bein takken awa this mornin. It wis a blythe day for us twa, I can tell ye.'

The words werena weel oot whaun he saw Mustard wis greetin.

'Och, man, I didna mean tae hurt your feelins,' he said. 'We've naething against you, but for your hashin and your speed.'

'My speed? That's a lauch. Dae you ken I came in last in the Cuddy Derby? Me last! Wad you credit it?'

'I dout your feet are nae yokie eneuch,' said Fushionless. He could be fell coorse, whyles.

Mustard didna seem tae hear him.

'But I ken whit's wrang,' said he. 'I jaloused it on the road hame. It's aa thae extrae oats I've been gettin. Dae you nae see? I'm turnin intae a muckle heap o flesh. Efter this, I'll hae tae gang at the same gait as yoursels. That wey I winna get sae muckle meat, and I can get my body back intae guid nick aince mair.'

'Ah laddie,' said Sweerbreeks, 'gin you had takken tent o your freends, nane o this wad hae happent.'

Efter Mustard had creepit awa intae a neuk, Fushionless whispert tae Sweerbreeks, 'Athout his yokie feet, the only race he's like tae be pitten in for nou will be a Tortoise Derby.'

'Ay, but this cairry-on prieves ae thing,' said Sweerbreeks. 'He maun be a richt cuddy, efter aa. For he daesnae need tae be eatin aa thae extrae rations they pit in his poke, daes he? He could aye leave some, and nae clean it oot tae the last perlicket.'

'But you winna be tellin him that?' spiert Fushionless, real anxious-like.

'Na, I dinna nane think it,' said Sweerbreeks.

A body canna win awa frae his naitur aathegither.

2 *The Cock and the Fox*

(Wi apologies tae Chaucer and his Nun's Priest)

A puir widda-body bade on a bit croftie wi her twa dochters, a piggie, an auld yowe and her dog, Glen. They were awfu puir, and it wis a blessin they didna need ower muckle tae eat, but could win by wi stovies, chappit neeps and siclike. Forbye, they had a cockerel, caa'd Chanterkie, and siven hens, and maist days they could coont on an egg or twa.

The great joy o their lives wis that they had a television set. Oh, nae nane o your braw anes... Juist an auld black-and-white ane that the widda had gotten for fifty pence at a Kirk Jummle Sale. It wis thocht tae be in warkin-order, and sae it prieved tae be, gin you didna mind it pickin-up but ae station.

Aa the leelang day the set dang oot, and the widda, the twa lassies and the dog wad glower at it, for hoors on end, while Chanterkie and his siven wives wad be luikin in through the windae frae the heid o a dyke. The pig and the yowe wad whyles slip in through the back door, and gin it wis a guid programme, naebody wad tak tent o them bein in the sittin-room. As aft as no, naebody wad mind aboot closin the hen-hoose door either, ere 'twis late at nicht, sae Chanterkie and his wives were like tae be on the tap o the dyke till the hinner-end o the day's broadcasts, mony's the time.

At the croft, the weel-faurt Rhode Island Reid cock wis fair the king o the midden, struttin aboot gin his cleuks were ower braw tae set doun in the dubs, and aawey he gaed, he wis follaed by the siven deems. Forbye, he had a grand conceit o himsel for his crawin, and he'd been caa'd

Chanterkie for haein a voice mair pooerfu nor a set o bagpipes. Nae ither cock wis his marrow whaun it cam tae crawin for miles aroond the countra. Smaa wunner he'd grown intae a richt bigheid.

Ae mornin though, he had waukent up feelin richt dwaiblt. Tae say the sooth, he'd even sleepit in, and wis late wi his crawin, but sae had aabody else, sae it didna maitter. (There had been ane o thae detective films on late, the nicht afore.)

'Ken this,' said he tae his best-loe'd wife, Pert Lottie, 'I had a richt nesty dream durin the nicht, and I dout it bodes some ill that's shair tae come my road. I dreamt that a coorse tink o a reid beast had gotten me in its grup and wis like tae thraw the life oot o me. Fegs, I'm shakkin yet, juist tae mind on't.'

'Fie, you should be black affrontit o yoursel,' cried Pert

Lottie, wha wis bonny, but shairp eneuch in the tongue whyles. 'You're naething but a muckle couardie-couardie custard, and I tuik you for a braw callant.'

'That's aa verra weel, but whit could I dae wi a beast the size o yon craitur?'

'Ach, it wis but a dream, man,' said Pert Lottie, 'and it daesnae signify onything. Aa it really means, is you've been watchin ower muckle television.'

'Dae you think sae?'

'Of coorse – whit else? Man, it's daein you muckle skaith bidin up there on yon waa till aa the hoors o the nicht, insteid o comin tae your roost wi me. Your bonny reid comb is growin aa pale and your tail-feithers are a thocht droopy-like. You're a peelie-wallie craitur, nae a bit like the chiel I merriet. And whaun wis you iver late wi your crawin afore?'

'Oh, I dinna think you can pit aathing doun tae the telly,' said Chanterkie. 'The late hoors I've been keepin are aiblins haein some ill effect on my luiks, and I'll hae an early nicht the nicht. But yon dream wisnae juist the result o glowerin in at the widda's box. Na, faith you. I dout it's ower like tae be a prediction o some awfu weird I'll hae tae dree. You mauna poor cauld watter on a dream, you ken.'

'Ach, awa and bile your heid. Gin a body wis tae tak dreams serious-like, a body wad niver be dane frettin and worryin,' cried Pert Lottie, gien her feithers a bit scornfu shak.

'Aye,' said Chanterkie, 'but are you nae forgettin something else?'

'And whit's that?'

'Are you nae forgettin that whaun Spaewife Nell read my cleuk the t'ither day, she saw some mischief like tae befaa me suin?'

Weel, he'd said the wrang thing. Spaewife Nell wis anither o his siven wives, and the ane that Pert Lottie couldna thole at ony price. For the Spaewife wis a raither bonny chick, as fowk micht say.

'Gin you're gaein tae tak her word afore mine, I want nae mair tae dae wi you,' and wi her dander fair up, Pert Lottie gaed aff in a muckle huff, leavin Chanterkie tae worry aa his lane. He'd hae gane tae Nell, but seein her wad only hae been a reminder o his wanchancy ootluik. Sae he gaed awa tae the dyke insteid, and suin eneuch forgat his dream wi watchin o the telly.

It wis weel intae the efterneen that Rennie the fox wis passin near the croftie. He'd been aa for gaein by, thinkin there wad be better pickins at some big fairm up the road. But he spied a cock, wi some hens, up on a dyke, and he kent by the wey they were glowerin in through the croft windae that the television maun be haudin their attention. Thocht he: 'Gin I play my cairds richt, this could be a bull's-e'e.'

They were sae taen-up wi watchin o the programme that Rennie wis weel inowre the yaird and near richt up ahint them afore ony o them catcht a glisk o him. It wis Spaewife Nell wha saw him first, and she lat oot sic a squalloch as fleggit the ither hens and had them fleein aff in aa directions. Syne she creepit aff mair quaitly intae a buss hersel.

Chanterkie wis sae feart, he hadna even tried tae mak a muive. He juist stuid shakkin on the heid o the waa.

'Whit ails you, man?' spiert Rennie. 'You're nae feart at me are you? Guidsakes, there's nae need for that. Dae you nae ken I'm here tae dae you a guid turn?'

'Is that the wey o't?' Chanterkie could scarce get the words oot.

'Shairly that,' said Rennie. 'Come you doun here and stop aa that trummlin.'

Nae juist awfu shair gin he wis daein the richt thing, Chanterkie flew doun.

'You see,' said Rennie, 'I'm a television producer – an

impresario – ken whit I mean?'

Chanterkie gat rich interestit whaun he said that.

'Aye,' remarkit the fox, 'I'm whit they cry a "talent-scout", and I'm gaein roond luikin for lads tae perform on the telly. I wis hearin you've a richt guid voice, man.'

Chanterkie gied a bit smirk.

'Fowk say it's nae bad,' he replied.

'I dinna suppose,' said Rennie, a bit hauf-hairtit like, 'you'd care tae lat me hear it? Juist as a kinna trial-shot, or "audition", as they caa it?'

'Nou? Here?'

'Aye, I ken I haena my gear wi me, but we could mak on that that auld farrant watter-pump ower there is a microphone. Wad you be game, man?'

Chanterkie luikit shy and bashfu, but he wis game aa richt. Efter aa, this micht be his chance tae become a star. He struttit ower tae the pump, and the fox said:

'You'll aiblins hae tae streitch-up a bit tae win near eneuch tae the microphone,' meanin the spoot o the pump, of coorse.

'I'll staund on the tips o my taes and rax up a thochtie wi my neck,' cried Chanterkie

'Nou, sing awa, man, and dae it wi your een shut. It'll mak you aa the mair romantic,' suggestit Rennie.

Weel, wi visions o stardom birlin roond in his heid, Chanterkie, his een closed and streitchin up his neck gin it were elastic, began crawin tae the spoot o the auld watter-pump.

'Braw!' cried the fox, and wi ae fleet muive, he'd claucht Chanterkie by the thrapple, and wis makkin aff wi him ower his back in nae time ataa.

Whit a lament the siven wives, led by Pert Lottie, made. It wis sic a yammer as micht hae waukent the deid aa richt, but it had nae effect on the leevin. For the widda, her dochters, the dog, the pig and the yowe were aa absorbit watchin a Western film at that meenit, and there wis sicna splore o sheetin gaein on, the gunfire fair drount oot aa ither soonds. Reid Indians were the concern in that hoose, nae a Rhode Island Reid…!

Puir Chanterkie wis near fleggit oot o his wits, and it wis a sair disappeyntment tae him that naebody wis chasin efter them. But it gart him tak thocht. The only body that could save him nou wis himsel. He had tae come up wi some ploy.

Sae, in waefu tones, he said tae Rennie: 'Mr Fox, seein that I'm aboot tae dee and there's nae help for it, could you maybe, as a heid-bummer o the telly, please arrange tae hae my daith includit in the News, the nicht?'

Weel, the Fox gied a lauch, and startit tae say 'Whit a gowk you are. Dae you nae ken yet that I've nocht tae dae wi television…' But he niver completit the words, for the meenit he gied the lauch, Chanterkie flew oot o his apen mou, up intae a tree, and Rennie kent richt awa wha the real gowk wis.

'Will you nae come doun, laddie?' he cried up tae the cock. 'I niver meant tae dae you ony skaith. It wis juist my roch wey o cairryin you aff tae the studio. Your singin wis sae guid, I fair lost the heid.'

'Na, na,' cried Chanterkie. 'I've nae notion o bein a star ony langer, and I ken brawly whit your studio's like.'

'Some ither time, maybe?' spiert Rennie.

'I dinna think it, thanks aa the same,' said Chanterkie.

'Ah weel,' mummlit the fox, makkin aff doun the road, 'some you win and some you lose.'

A body wha's glaikit eneuch tae serenade a watter-pump micht weel expeck some unco fairin.

3 *Hamish the Hirplin Hare*

Aince on a day, you wadna hae met a fleeter hare in this airt nor Hamish. Wi his muckle hin legs, he could lowp aff frae a staundin-start and leave aa the ither hares – aye, even the younger anes – hyne ahint in ony race across the parks.

But that wis afore he catcht a front leg in a snare ae day nae langsyne. Hou he mainaged tae get it oot, naebody kens, but get it oot he did. Ah weel, but the chave and the trauchle made the skaith aa the waur, and frae that day on, he hasnae been able tae muive athout hirplin. It maun hae been an awfu dunt tae his pride, and him sae swack afore...

Mair nor that, of coorse, it pit him in jeopardie. Nou he wadna be sae able tae shak aff ony beast or body that ettled tae dae him ill. He wad be fair at the mercy o his foes. Mind, he did try the muckle lowpin start a puckle times and fund his hin legs as guid and strang as iver, but it wis ower sair, the landin on the hashed foreleg. It wisnae tae be thocht o.

'Weel, weel,' said he tae himsel, 'nou that I canna lippen on my speed ony mair, I'll hae tae be proteckit some ither wey. Whit I wad need is a bodygaird – some young hare tae catch the ee o ony craitur threitenin me and act the pairt o a decoy. Syne, whaun the craitur gaed aff efter it, I could stotter awa tae some safe hidey-neuk.'

It seemed a richt bricht idea, and whaun Hamish thocht hou aften he had helpit the younger hares (even as bairns or leverets) tae impruive their rinnin, he didna dout ane of them wad be willin eneuch tae be his bodygaird.

But, fegs, whaun he spiert at them gin ony o them wad tak the job, they aa had excuses o some kind. Maist aften they made oot that their mithers needit them at hame tae rin eerans and couldna spare them tae dauner roond with him aa day. Richt thochtfu bairns they maun hae been. Mind, their duties didna seem tae hinner them frae gaen caperin across the parks wi the lassie-hares at aa hoors o the day, or haein races amang themsels whauniver they tuik the notion.

Hamish wis gey disappeyntit, but he juist gied a bit smile tae himsel and said: 'Sae that's the wey o't... Weel, I micht hae kent the young birkies wadna be seekin the company o an auld chiel like me. I canna aathegither blame them. Ah weel, whaun a body canna lippen on his freends, aa he can dae is tae rely on his ain wits.'

But whaun you're a hare, your wits are fell gallus. It's weel kent that, amang fowk, ony daft-like notion is caa'd 'hare-brained'. Hamish wunnert whit unco ploys he micht come up wi in times o danger.

He hadna lang tae wait. For nae mony days later, he wis hirplin aroond ootby Auldforthie Wuid whaun he came face tae face wi nane ither nor Rennie the fox.

'Ha,' said Rennie, gien a bit smirk and takkin a richt muckle lick o his lips. 'It's you is't? And I see you're hurtit anaa.'

Weel, Hamish cam oot wi the first harebrained answer he could think o.

'Na, na. I'm nae hurtit ataa. I'm walkin this wey because I want tae.'

Rennie gied a lood lauch – nae aathegither a freendly ane either.

'Dod,' he cried, 'wha wad choose tae hirple alang like yon? I dinna believe you, man.'

Hamish did some awfu smairt thinkin, syne said:

'Weel, I'll hae tae pit you in the pictur, I can see that... Nou, suppose I wis rinnin in the ordinaur wey, or even walkin, amang ither hares ower a park maybe. Wha wad tak tent o me? I'd be naething speecial. But gin I were hirplin like this, I couldna but be noticed.'

Rennie scrattit at the reid hair on his pow. Shairly Hamish wisna tryin tae mak a gowk o him? Nae hare wad hae the impidence tae dae that tae a fly, crafty fox like himsel...

'You mean you're daein it tae cut mair o a dash like?'

'Richt eneuch,' said Hamish. 'It gars me seem mair distinguisht, sae tae speak. The waurst o't is it micht catch on and grow fashionable. That wad kill it stane-deid.'

Rennie wis thinkin. Maybe the vixen-lassies micht tak mair note o him gin he had a bit hirple... Sae insteid o gruppin Hamish by the thrapple and makkin a denner o him, he juist gied him a fareweel nod, and gaed awa intae the wuid tae practise hirplin secret-like.

Hamish stottert aff tae his hame aneth a bourtree-buss. (Hares dinna bide in the grund like rabbits, you ken.) He wis richt thankfu he had uist his harns, I tell you.

But nae mony days efter, he had anither nesty meenit or twa wi Gordon, a greyhoond. Gordon wisnae uist tae rinnin free, but this day he had jinkit awa frae his trainer and wis haein a richt spree fleein ower the countraside. He'd juist new lowpit a dyke whaun he catcht a glisk o Hamish hyne ower a park. He wis efter him afore you could hae winkit.

Of coorse it didna fash him muckle tae catch up wi the fleggit hare, and aa Hamish could dae wis tae cour doun and howp Gordon wadna shak the intimmers oot o him.

But Gordon wis sair vext wi Hamish. He hadna gien him richt sport.

'Whit's wrang wi you, man?' he grumphit. 'Can you nae rin proper-like and gie a lad mair fun oot o chasin efter you?'

Hamish had anither harebrainwave though.

'Oh aye,' said he, 'I can rin aa richt. But juist think aboot it. Is't wise? Is't nae glaikit-kind for a body tae flee aboot, poorin o sweit, and haein a chave tae draw breath? Dae you niver tire o't yoursel, man? Luik at you nou, pechin like an auld bellows. It canna be guid for you, you ken.'

Gordon gat real thochtfu, but said nocht.

'Forbye, you dae it maistly tae catch an electric hare, nae

even a real hare like mysel,' Hamish addit.

'Ah weel, nou that you mention it,' Gordon replied, 'it daes seem a bit gowkit. And richt eneuch, it's an awfu chave. At the end o a race I'm fair forfochen and wabbit oot.'

'Nae wunner ataa… But gin you had a hirple like mysel, naebody wad expeck you tae rin races and siclike. That's for-why I tuik tae hirplin. Gin there's ony skelpin aboot tae dae amang us hares, I'm niver caa'd upon tae jine in.'

'I get your meanin and bid you guid mornin,' said Gordon, makkin aff wi a pronoonced draggin o ae leg.

His maister wisna weel pleased ataa: Gordon niver won anither race. But as for Hamish, he wis shair nou that haein a hirple wis like haein a trump-caird.

Your ain heid is the best freend you can lippen on.

4 *Luve at First Sicht*

Callum the cushie-doo had been oot for his Sunday efterneen flicht wi his wife and faimly. He and Catriona had three bairns: Cathy, the auldest, a bonny craitur wi bricht een, syne Cammie, their son, and Kirsty, their youngest. They aye had a faimly ooting on the Sabbath, but ae thing spiled it a bit for the young anes. Ilka nou and then, Callum wad gar them practise the cushie-doo cry. Nae that it's aa that difficult. Aabody kens it's juist a case o cryin: 'Tak twa coos! Tak twa coos!' But Callum wis a pernickety chiel and he wis sair needin his bairns tae be perfeck at it.

Weel, they were richt near hame whaun they spied a doo lichtin on a brainch nae faur frae their ain nest. He didna seem tae be a body belangin tae their wuid ataa; in fack, he luikit a richt incomer, wi the cast o a city-doo, if onything. Callum bade him a civil, 'Guid efterneen.'

'Oh, guid efterneen tae you anaa,' said the strange doo. Syne, gin he wis a bit affrontit-like, he spiert at Callum, 'I dinna suppose you could tell me whaur I am?'

'That I could,' said Callum, aye a freendly soul. 'You're in Pitmurchie Wuids. Yon's my nest ower there.'

'Is't though?' the ither doo answert, still faur frae blythe.

Callum and his faimly were gaein tae flee on tae their nest, whaun the incomer spak aince mair.

'Thank you kindly,' said he, 'but the sooth is, it wadna maitter whaur I wis, for I'm fair lost. And me a hamin-doo anaa.'

Callum wis ower weel brocht-up tae lauch, but his devilock o a son, Cammie, gied a bit snicher. You couldna really faut the loon for't. Efter aa – wha iver heard o a hamin-doo gettin himsel lost?

'You'll maybe mind there wis a richt blatterin storm a

day or sae sin?' said the incomer. 'I wis fleein somewey, I dinna ken whaur, and I'd come doun a bit for shelter. I wis fleein in amang trees whaun I got a byordinaur dunt on the heid frae a brainch blawn aff by the wind. It pit me intae a richt dwam, and whaun I cam tae mysel, I couldna mind wha I wis nor whaur I had come frae, nor yet whaur I wis gaein tae. And I canna mind yet.'

Weel, Callum and Catriona felt richt sorry for the puir hamin-doo, and socht tae help the craitur. They had nae room in their ain nest for a visitor, but hard-by there wis the nest that had belanged tae Callum's auld Uncle Kenny. He'd deed nae langsyne. Wad the hamin-doo nae bide there in the teem nest, a whilie, ere he gaithert himsel a bit? And, whit wi ae thing and anither, he couldna but gree wi them. It micht be the verra thing tae lat his heid clear.

The young family were fair excitit aboot their new neibour. Cammie couldna wait tae tell his freends aboot a hamin-doo that didna ken whaur his hame wis, but Cathy wis fou o pity for him and his mishanter. Whaun she wis sent ower wi meat for the visitor, she spiert at him if his pow still hurtit him. Whaun he said it did, she straikit his heid richt gentle-like wi her beak and he began tae kittle-up a bit.

But that skellum, Cammie, brocht nae guid ataa tae the hamin-doo. For did he nae bring in aboot aa kind o craiturs tae tak the rise oot o him? There wis young Cuthbert the craw, wha lichtlied him and syne crawed ower him.

'I'm nae tint. I ken whaur I am, and I ken whaur my hame is,' cried Cuthbert.

And there wis young Ollie the owl, wha roared oot: 'Whit a gype you maun be... Nae wyce ataa, like us owls.'

Forbye, there wis a coorse magpie wha tellt ilka bird for miles aroond, and mony o the ill-gettit craiturs cam tae Uncle Kenny's nest wi their snash and ill-jawin. It wis a wunner that the hamin-doo tholed them and their tormentin, and him feelin peelie-wallie kind onywey. But, fegs, he bade on, though his heid niver got ony clearer-like. Syne, he tuik tae the wey o life o the cushie-doos. Mind, he niver wis suitit wi livin in a nest. It's nae the same whaun you've been uist tae bidin in a doo-laft.

But wi Cathy's eydent nursin, he chirkit-up, and it suin didna fash him that he'd tint his memory. Whit's mair, she'd gien him a new name, Greenwuid. (It seemed romantic-like tae the lassie.) And for aa the impidence and deavin he got aboot being a stickit hamin-doo, it didna seem tae pit him up nor doun. For why? You maun hae jaloused it, shairly. Ere lang he wis speirin at Callum gin he could hae the cleuk o his dochter, Cathy, in merriage. Weel, the lassie's faither wis pleased eneuch tae lat her wad a neibour, and a richt blythe pair Greenwuid and Cathy were.

In fack, they were sae luvin and contentit, that mair nor

aince, Callum fund himsel wunnerin… Had Greenwuid iver
tint his memory ataa? Micht it nae hae been luve at first
sicht? Nae dout he wad niver ken…

It's richt eneuch: hame is whaur the hairt is.

5 *Mister Ken-Aathing*

Amon the craiturs i the fairmyard, Duncan the drake could be a couthy eneuch chiel, but gin he tuik an idea aboot onything, *he* wis aye richt and aa ither fowk were in the wrang o't. Nae dout it aa gaed back tae the day whaun ane o his wives, Dorothy, had socht him tae tak a wheen o young ducklings in haund and teach them whit wis whit aboot sweemin, feedin themsels and siclike. It wisna juist that he grew awfu fond o the soun o his ain voice... It wis mair a case o 'aince a teacher, aye a teacher'. Frae yon time forrit gin onybody contert him, he wisna sair pleased. He fanciet himsel as a waddlin Khaki Campbell Encyclopedia. Aye, it wis a peety he grew sae bigsie, sae it wis.

Mind, he's been quaiter kind sin the maitter o the Festival o Spring: daesna mak near sae muckle o himsel ataa.

The Festival itsel wis his ain notion. It had been a lang, fell coorse winter, and wi him growin aulder and mair rheumaticky, he wisna juist sae able tae thole the ill weather as he'd aince been. Sae ae day, real near the hinner end o the winter, he'd said tae Daisy, ane o his wives: 'Ken this? I'm richt thankfu tae think the Spring's nae faur awa nou. And I'm thinkin we should dae something aboot it – the like o maybe haein a Dawn Chorus, a kinna Festival on the first mornin o't'.

'But I wunner, wad that be richt?' spiert Daisy. 'Efter aa, us watter fowl hae need o the rain and the snaw. It's nae fine whaun the river dounby's aa dried up. Should we nae raither be celebratin the first day of neist winter? Wad that nae be mair like the thing, think you?'

'Guidsakes wumman, dae you nae ken that Winter, aince it starts, daesna ken whaun or whaur tae stop? Whit uis is the river whaun it's aa frozen and cauld, anaa. Na, na,

Spring's the time, I'm tellin you. A lad feels better then, aa kitttled-up, and the April shooers are juist the thing tae keep up the watter level i the river.'

The thrawn craitur wadna hear o haein a Festival o Winter, at ony price. But the neist thing tae vex him wis that ither fowk wadna gree wi him aboot which day wis the first ane o the Spring. He wis o a mind tae hae the Festival a week come Thursday, but Daphne the youngest o his wives thocht that wid be ower suin, and Dora, anither ane, swore that the Spring wisnae due tae start ere a week come Sunday. He pit his wabbit feet doun hard, the baith o them.

'You lassies are aye haverin on aboot things you ken naething aboot,' said he. 'Gin I say Spring begins a week come Thursday, you may lippen tae it that that's whaun it begins, and that's aa aboot it!'

Syne the bonniest o his deems, Dulcie, thocht that aiblins he wisna the richt body tae be leadin the Dawn Chorus at the Festival.

'Man, Duncan,' said she, 'hae you nae considert that your voice maybe isna aa it uist tae be? I dinna want tae tramp on your taes and hurt your feelins, of coorse, but your notes arena juist aa that true nouadays. Tae say sooth, your quackin's become timmer-tuned, mair like the fairmer's tractor nor onything else.'

Weel, he wisna for that – na, faith you... Fair bilin within himsel, he keepit a ticht haud on his runkled feithers, and answert, real dignifiet-like:

'And hae you, Dulcie, niver taen a thocht tae yoursel that your lugs michtna be true? Aye, juist think you on that, my lass.'

Mind, it wis ae thing pittin the dyeucks in their place: it wis anither maitter dealin wi Crawfurth the cockerel. Word o the Festival o Spring hadna been lang in winnin tae him, and of coorse, he thocht there could be nae question o leavin him oot. Wis he nae the cat's whuskers wi his renounit crawin? He socht oot Duncan tae pooh-hooh the verra notion o the drake takkin pairt in, lat alane leadin, the Dawn Chorus.

'Man, man, it wad hae tae be *me* leadin the choir, shairly,' said Crawfurth. 'Yon dreich, dowie soun you mak micht be aa verra weel for warnin fowk o fog and haar, but nae for celebratin the birth o Spring.'

As aften as no, ill words only beget mair snash.

'Guidsakes, Crawfurth, yon reamish you kick up (aye, and whaun decent chiels are haein a fine sleep anaa) wad be like tae fleg awa the Spring,' he replied.

'You're juist jeilous o me,' said Crawfurth, 'and it's nae only ower my crawin. My haill appearance, the cut o my verra jib, maks me richt for the pairt: my bonny reid comb, my shinin broun and green feithers and my royal-like gait. Ony wey you care tae luik at me, you canna deny there's nae craitur wi a better richt tae be caa'd "operatic".'

It wisna easy tae say him nay on that, but Duncan cam up wi a perfeck answer.

'That's as may be,' said he, efter a meenit. 'But there's ae thraw i the raip. You see, the Festival o Spring is for watter-fowls only. Sae you couldna be considert for it, Crawfurth. You can see that, can you nae?'

That was ane in the ee for him, thocht Duncan. Aa the same, the cockerel didna lat his dander up. He contentit himsel wi sayin, richt cool-like: 'Weel, weel, gin that's the road o't, I'll mak a peynt o nae crawin ataa that mornin, see if I dinna, and syne you'll aa sleep in and miss the dawn.'

Duncan wis a thochtie pitten oot at that. He kent brawly he wis a sleepy-heid. Still anaa, gin he bade waukent aa nicht afore the Festival, he wadna be like tae sleep in. There wis naething ither for it. Mind, by declaurin it a dawn chorus for watter-birds only, he'd gien himsel anither heidache. It wis Wilkie the wagtail wha gart him think on't.

'I hear your Spring Festival is for us river craiturs and nae ithers,' said he. 'Sae, of coorse, you'll be spierin at Sinclair the Swan gin he'll lead it, I daursay?'

Duncan could hae dane athout bein mindit o Sinclair. Yon muckle scunnersome swan filled the een o aa the hen-birds on the river. Waur nor that, his ain wives, the dyeucks, spak aften eneuch o Sinclair bein their 'hairt-throb'. He wis faur frae pleased tae think o him bein in the Festival niver mind leadin't.

But gin he didna invite him, it micht be a sorry day, for the hillock o a swan could be fell coorse, and it didna tak muckle tae gar him tae get his birse up. Sae Wilkie's idea wisna ane tae be lauched at.

'Oh aye, of coorse,' said Duncan. 'I wadna hear o ony ither body takkin the chief pairt. I'm ower diplomatic-like tae pass ower Sinclair. A chiel aye daes weel tae keep on the richt side o him.'

Tae his surprise, the wattery-wagtail didna luik aathegither blythe aboot it.

'I thocht I'd mention it tae you,' said he, 'because I'm wunnerin whether you michtna dae better tae forget aboot it. It's juist an unco feelin I hae, tae lat you understaund.'

Duncan understuid aa richt... Aabody kent the wagtail had the gift... It wis Wilkie wha had predictit that Bertram the Bubbly-jock wadna win by last Yule, and him the fairmer's dawtie anaa. Naebody else wad hae luikit for that. Aye, and he'd telt tellt Rosie the rabbit nae tae gang intae yon park whaur she had gotten hersel snared nae meenits efter... A body wad dae weel tae tak tent o Wilkie's words, wi him haein the second sicht...

But ach, thought Duncan, shairly honourin Sinclair at the Festival wad be mair like tae bring guid til himsel nor skaith o ony kind. He didna exackly lauch at Wilkie. Naebody did that... But he tellt him he'd nae douts ataa: Sinclair wad, certes, be pleased.

Neist mornin, wi dreams o haein the muckle swan on his side fechtin aa his future battles, Duncan hauf-hidin amon the reeds and rashes, gied a respectfu hallo tae Sinclair, as he wis glidin by, juist like a royal yacht. He wisnae ower blythe at haein tae stop, as he kent that a wheen o muir-hens were admirin him juist at yon meenit. Aa the same, he consentit tae gie Duncan an audience.

The drake fair gart it seem that naething wad bring mair rejoicin tae himsel and aa the fowls o the river nor haein Sinclair tae lead them aa in the Dawn Chorus tae greet the Spring.

But insteid o the swan preenin himsel, as Duncan had expeckit, he lat oot a maist ill-naiturt rair, and said 'Dae you ken whit you're suggestin, man?'

Duncan wis ower feart tae answer.

'You're shairly needin rid o me!' cried Sinclair.

The puir drake couldna understaund it ataa, but he wis trummlin in ilka feither.

'You maun ken weel eneuch that efter a swan sings, he dees…'

And afore Duncan could get the words oot tae say he hadna kent, the brosie swan tuik a muckle breenge at him and gied him the maist awfu batterin.

Smaa wunner that efterhaund, Duncan niver said 'Festival o Spring' again.

Whaun a chiel kens aathing, there's but ae thing tae dae – lat him gang his ain gait…

6 *The Discontentit Flee*

Frankie the flee spent maist o his days daein whit fowk caa 'body-buildin'. You see, o aa the flees in the Dountoun Gang he wis the maist little-buikit. A richt ill-thriven wee nyaff he wis. The lassie-flees scarce gied him a second luik, for they werena like tae catch a wink o him the first time. The craitur had tae thole some gey snash frae the ither flees anaa.

'You're sae wee, you could get tint in a key-hole,' and 'I dout you're scarce big eneuch tae tak on Melvin the Midgie,' were the kinna cracks he had tae pit up wi. It wisna fair ataa. He couldna help bein a sharger. And though he micht eat eneuch for twa flees, it didna mak ony difference tae him. He wis whit you'd cry 'ane o Pharoah's lean kine' and that wis aa aboot it.

The Dountoun Gang had their heidquarters in a back close ahint Kung Fu's Tak-Awa Chinese Restaurant. Aa the bins in the close were theirs. Nae ither flee wis latten onywey near them. Though you couldna lippen on the like o Frankie tae fleg awa ony ootlin, the gang wis led by Baxter the Bummer, a muckle braw bluebottler, and whaun he glowert at ony incomer, the chiel didna bide tae get a second ane.

For aa that he wis fearsome-kind, Baxter aye had a saft spot for puir Frankie. He wad niver lat ony o the gang tak the rise oot o the wee craitur whaun he wis aroond. In fack, naething wis mair like tae gar him get his dander up. Forbye, Baxter wis aye tellin Frankie nae tae fash himsel sae muckle aboot bein wee.

'It's whit you hae in here that coonts,' he'd say, peyntin tae Frankie's pow.

Aa the same, the flee chaved himsel tae get a bit o

maucht intae his forelegs. You'd see him whyles, inside Kung Fu's Restaurant, fell near beeried in a sugar bowl trauchlin tae brak his record o bein able tae lift twa grains o sugar at ae shottie. Whyles he wis richt near tae gettin three up, but aye his feet slippit amon the stuff. Mind, he could raise a bit rickle o toast crumbs, staundin on a plate, but it near gart him greet whaun he fund even ae grain o rice ower heavy tae shift.

Coorse tinks, like his freends, Fleeman and Fergie, uist tae lauch at him, but neither o them iver ettled tae lift onything. They were ower taen-up wi eatin at the rice tae think o sicna capers. They kent the quickest wey tae shift a grain o rice, and they thocht Frankie wis clean gyte for scutterin aboot tryin tae hodge it up. But it didnae matter... Frankie wadna sae muckle as cross the close athout tryin tae muive ony verra smaa stane or chippin that lay on his road. Whit a wanrestfu, freitfu chiel he wis. Fleeman, Fergie and the lave o the gang aa wunnert why he couldna juist learn tae live at peace wi his skinny-ma-linkie bit body.

Nane o them thocht he iver wad, but a time cam whaun he did. It happent ae nicht whaun Frankie wis fleein by Baxter's side. There wis naething oot o the ordinaur aboot that. Baxter wis his hero, and forbye, the big bummer wad aye proteck him. Nae ill could befaa him gin he wis tae stick hard by Baxter. Nou on this nicht, the landin-windae o Kung Fu's flat abune the restaurant wis open, and Baxter catcht a whiff o his favourite meat. The Chinaman wis shairly sittin doun tae sweet and soor pork in his private quarters. Athout a thocht, Baxter flew in at the windae, and though he wis some feart, Frankie gaed in anaa. The door o Kung Fu's livin-room wis a thochtie open, and Baxter juist couldnae bide oot. Yon smell wis his idea of heaven. Frankie swithert aboot for a meenit, syne lichtit awfu quait-like on the door. He wantit tae shut his een as he saw Baxter fleein in-aboot tae the table. But, of coorse, you

canna be a muckle braw bluebottler like Baxter and win
ower a room athout kickin up a loud bummin soun. And
Kung Fu had guid lugs. He lowpit tae his feet, said
something fell orra aboot bluebottlers in his ain tongue, and
fauldit-up his evenin paper richt threitenin-like. Baxter
maun hae spied whit wis gaein on though, for he cheenged
the tack o his flicht aathegither and heidit for the curtains at
the windae. But aiblins he wis in a kinna dwam – doitit wi
the reek frae the sweet and soor pork – and he wisna near
fast eneuch. Kung Fu tuik a richt guid breenge at him wi
the evenin paper, and puir Frankie wis fair dumfounert tae
see his hero, Baxter, faain straucht tae the fleer. The wee
flee, frichtit sairly and greetin, didna bide tae see ony mair,
but tuik back tae the landin-windae at sic a pin, he gey near
rivit the wings aff himsel.

Syne he flew doun tae the bins, whaur he fund Fergie, Fleeman and the ithers. He scarce mainaged tae pech oot the awfu news that Baxter wis deid… There wis nane o them felt easy efter that. Athout Baxter hou could they proteck the close against the Royal Hotel Gang? Whaun the word o his daith had gotten roond, nane o them wad be safe. It wis Fleeman wha said efter a whilie: 'This'll niver dae. Ane o us maun tak ower as leader, and that's aa aboot it.' But naebody wis in ony hurry-burry tae tak on Baxter's job, and there were some like Frankie ower thrang greetin and lamentin tae gie it ony thocht.

Whit a stammagaster they aa got whaun Baxter, sudden-like, flew doun intae the midst o them.

'Guidsakes,' cried Fleeman, 'it's his ghaist, and him nae deid hauf an hoor!'

The 'ghaist' gied a bit lauch.

'Na faith you, I'm as fou o life as ony o you,' it said.

Frankie couldnae believe his lugs and his een.

'But I saw you drap deid in Kung Fu's,' said he.

'You saw me drap – aye,' said Baxter. 'But I wisnae deid. It wis juist a kinna pit-on tae gar Kung Fu think I was. Mind, the sweesh o yon paper comin sae near my heid gart me gang dottled-kind for a second or sae. But I'm a fly chiel (and that's nae meant to be a pun)… Whaun I hit the carpet, I mindit tae gie my body a bit shoggle tae win in-aneth it by the windae. Weel, there I had tae bide ere he feenisht yon braw meal o his. There wis nocht ither for it.'

He turned tae Frankie, wha wis bubblin-awa wi joy.

'Lat that be a lesson tae you, my wee freend. Bein big and lood near cost me my life. It's nae great shakes whyles, haein a muckle body. Whit maitters is tae uis your wits. It's your harns you hae tae lippen on, nae hillocks o flesh and muscles.'

Frae that day forth, Frankie niver did anither body-buildin exercise.

7 *Hughie and the Yalla Monster*

Hughie the hermit-crab bade on a beach real close tae the toun. He'd made his hame inowre the shell o a buckie, juist as hermit-crabs are in the wey o daein.

Hughie didna bide his lane. A sea-anemone caa'd Audrey had twined hersel on tae the buckie, and the twa o them gat on fine maist o the time. Forbye, inowre the shell, up at the tap, there wis a worm cried Rag, wha had come tae bide nae langsyne wi Hughie.

Ae mornin they were aa sleepin whaun there wis a maist byordinaur soun – a muckle fluff it wis – that waukent them aa up sudden-like.

'Man, you're snorin's waur nor thunner,' said Audrey. 'I fell near lowpit oot o my bonny lang tentacles.'

'It wisnae me,' snapit Hughie. 'I niver snore. Maist like it had been yoursel.'

And insteid o wunnerin whit had made the unco soun, they fell intae a richt bout o argie-bargien. They gat richt coorse and personal wi't.

'You'll need tae mind, my lady,' said Hughie, 'wha gies you your meat. Aa you've tae dae is lean ower whaun I'm feedin, and you get ony crumbs you want frae my feast. I winna thole a lodger, like yoursel, bein impident tae me.'

'A lodger is't?' cried Audrey. 'Mair like a peyin guest, I'd say. Wha is it protecks you wi her lang stingin-nettles whaun ony craitur's like tae set on you? And onywey, I can aye get my ain meat by jobbin them intae wee beasties passin by. I dinna hae tae lippen on you for aa my meat.'

Hughie ettled tae answer her, but she wadna let him.

'And anither thing,' said she. 'You're gettin ower big for this buckie. You'll suin hae tae flit tae anither ane unless I grow my hair lang and gie you a bield. Fine dae you ken that's whit we anemones dae for you hermit-crabs. But I'm nae juist shair I want tae. Lang hair's nae the fashion the nou.'

Hughie gaed aa quait. He wis awfu suitit wi the shell he wis in, and he wis sweir tae gang flittin tae a bigger ane. Sae he he juist lat Audrey rage on.

'Ah, you hadna thocht o that, had you? Syne you'll be my lodger, or lat's say, peyin-guest, seein you'll gie me my meat. Onywey, you wadna hae the fushion tae gang luikin for a bigger shell. You've grown fat wi the guid livin here. Smaa wunner. Whit kinna idle life is't being a hermit? And dinna tell me you follae it tae be a thinker sae that you can grow wise – I wisnae drappit on tae this beach aff'n a banana-boat.'

Hughie couldna haud his wheesht ony langer.

'Maybe I dinna waunner faur,' said he, 'but for aa that I'm a real eident chiel. Whaun I'm nae thinkin – and fegs, it's sair wark daein that – I'm catchin at meat wi my braw pincers o cleuks. And anither thing, I'm a hame-drauchtit craitur and hae nae mind tae stir and gang ootnaboot.'

Audrey hadna dane wi him though.

'Ah weel, that's as may be,' said she, 'but whit were you daein takkin that orra brute o a worm inowre the shell wi you? Dinna tell me he's a lodger anaa?'

Hughie had noticed Audrey hadna been awfu sair pleased since he'd taen in Rag.

'There's a gey lot o fowk wunner why we hermit-crabs like tae hae a worm in the shell wi us, and it's a weel-keepit secret. But seein you're nae juist onybody, I'll tell you. It's tae keep the place clean, of coorse. Rag gaes roond it, I'll tell you, sweeshin the sand oot wi his tail. He's nae a lodger: he's my worm-servant.'

Audrey wis aboot tae say something grumphy aboot Rag, whaun a wheen o young crabs cam in aboot and startit gien Hughie cheek.

'Whit a saftie you maun be!' they cried at him. 'Fancy

gaein aboot wi a flooer on your pow.'

'I'm nae a flooer,' roart Audrey. 'I'm a beastie like yoursels. You maun be gey glaikit geats, the lot o you, gin you live on the sea-shore and think the anemones here are flooers.'

'Dod, missus, but you're awfu like a flooer,' said ane o the laddie-crabs; and anither ane cried, 'daesna mak ony difference, Hughie's still gyte for lattin himsel be a flooerpot, even for a flooer that says it's a beast.'

But the neist meenit there wis anither michty bang soondit oot, and this time they were aa able tae see, up there on the promenade, abune the beach, a twa-three auld hooses faain tae the grund in a clood o stour. The bairn-crabs stytert aff and couried doun ahint a rock.

Hughie and Audrey were quait for a meenit. Syne Hughie said: 'Dae you nae think yon's a lesson tae you and me?'

'Hou? Whit wey?'

'Losh, the fowk in thae hooses maun hae been at some awfu fechtin tae gar the plaicies juist flee apairt like yon. Lassie, I'm richt sorry for bein sae nippy wi you this mornin. I mauna faa oot wi you. I ken brawly I'll need you for a roof abune my heid.'

'Och, we'll say nae mair aboot it,' said Audrey.

Inowre the shell, Rag, wha niver likit fowk strivin wi ane anither, gied the place a byordinaur guid sweeshin wi his tail-end.

But an unco thing happent nae lang efter. They were aa glowerin up tae the promenade, whaun a muckle yalla thing clattert in aboot tae the spot whaur the hooses had been demolisht. Whit a din it pit up... It wis eneuch tae fleg aa the craiturs on the beach.

And that wisnae aa. Did it nae breenge oot wi muckle pincer-cleuks and grab at the stanes o the hooses, liftin them hyne up in the air afore drappin them doun on a thing wi wheels.

The laddie-crabs had creepit in-aboot again tae Hughie's

afore you could hae said 'buckie'.

'Hughie,' said ane o them. 'You're a hermit and sae you're awfu wise. Whit's that muckle yalla monster wi the great cleuks on't up there?'

Athout thinkin, Hughie found himsel saying: 'Can you nae see for yoursels? It's a giant-crab, of coorse. And I'll tell you something else. It gangs aboot luikin for cheeky loons like you and it fair gollops them up for its brakfast.'

Weel, the laddie-crabs didna bide tae speir ony mair. They tuik aff wi their gawkit walk, and were gey near rinnin, tae say sooth.

That nicht Rag the worm couldna sleep ataa. He couldna get his mind aff the muckle yalla crab up abune on the promenade. And Audrey the anemone wisna sleepin either. Whit uis wad her stingin-nettles be against yon brute? As for Hughie the hermit, he wis faur frae snorin. He'd said whit he'd said tae gie the laddie-crabs a fricht. They were sae cheeky, it wis nae mair nor their sairin. But aa day he had been thinkin. And whit he wis thinkin wis this: 'I'm a hermit. Sae that means I hae guid harns. And whit if I wis richt wi my first thochts? Yon yalla thing micht aiblins be a giant-crab. And wi a grab like yon, it could smash Audrey, Rag and mysel intae a thoosand pieces, nae bother ataa. Is't wise-like tae bide on here?

Sae nae tae lat Audrey and Rag ken he wis frichtit, he ettled tae dae a quait flit in the munelicht by shogglin the buckie ower the sands, wi them aa still aboord. It micht tak a whilie tae pit ony distance atween them and the giant-crab, but it wis better nor stayin pit and bein in danger.

Aince he thocht the ithers were asleep, he stairtit the shogglin. Rag wis richt glad, and Audrey niver lat oot a girn, though whyles her stingin-nettles gat aa bruised. Mind, she wisnae sae pleased in the mornin whaun she saw they werena aa that muckle faurer doun the beach… Waur nor that, the yalla monster had gane awa, onywey…

Gin you set oot tae fleg ithers, be shair you dinna fleg yourself anaa.

8 *The Stirkie's Staa*

Colin, the Aiberdeen-Angus calfie, had a heid like a daud o Kemnay granite, and the wey he breenged wi't inowre the pail at feedin-times made sair wark o things for the fairmer. He could scarce haud it steady for the craitur buttin at the sides and skitin the milk aawey. Fan Colin wis aa wrocht up and excitit, mair milk wis tint nor fit he swallaet.

Clarkson the stirk tuik it upon himsel tae hae a word in season wi the loon.

'You young lads are aye in ower muckle o a hash tae win at your milk. A body wid think ye wid learn tae gang aboot it in a cannier gait, but deil the bit o't. I aye howpit you'd growe mair mensefu.'

'I div mean tae tak my time,' said Colin, 'but, man, Clarkson, fan I get a whiff o the milk, I seem tae loss the heid aathegither.'

'Aiblins it's a pity you widna loss it, laddie. But you maun try harder, ye ken. It's niver ony different wi you young geats: ye aye mak life a sair trauchle for the verra fowk that's daein their best tae help ye.'

Colin wis gey hingin-luggit and fair affrontit o himsel.

'Forbye, you've nae discipline,' declaurt Clarkson, warmin tae his theme. 'It's a winner the fairmer's nae sick scunnert wi you. Gin I wis him, I tell you I'd gar ye miss your meat whyles.' Wi that, Clarkson made aff up the park, leavin Colin wishin he wis a stirk anaa.

'Fan I growe up like Clarkson,' thocht he, 'I'll be the ane gien lectures tae the young calfies.'

Meantime he ettlet tae follae his freend's wise coonsel, but aye fan he heard the clankin o the pail, he felt his verra een turnin reid at the thocht o the cream, and, afore he could stop himsel, he wid be borin in amon it like a dementit cement-mixer.

Time stottert by, gey slow kind, but syne insteid o bein Colin the calfie, he found himsel Colin the stirkie. Now he became a douce birkie, feelin the wecht o his new-won maturity, wi a duty tae keep the young anes on the richt road. And nane seemed mair in need o guidin nor Clifford the calfie. Flichty-kind by naitur, the chiel wisna ony the better for haein a name like yon. It didna seem fittin ava for an Aiberdeen-Angus calfie, and it wis smaa winner his heid wis fu o daft-like notions.

Ae day Colin set tae wark by ragin at the laddie for gaein ramstam intae the pail wi his pow at feedin-times. Nae content wi that, for guid measure he addit, 'It's nae fair tae the fairmer, you ken, nae fair ava. You should think black, burnin shame o yoursel.'

'And you'd dae better tae mind your ain business, sae

you wid,' cried Clifford.

Colin couldna believe his lugs. Juist think o a calfie speakin like that tae him…

'Gin you really wint tae ken fit I get my kicks fae, it's garrin the cream skite up ower my heid and oot o the bucket. And I'll tell you anither thing,' said Clifford. 'You're juist jeilous o me, sae you are. The trouble wi you auld fogies is aye the same: you canna thole us young lads gettin aa the attention, and yoursels becomin back numbers.'

'Weel,' thocht Colin, 'I wid *nivver* hae dreamt o speakin tae Clarkson in yon wey. Hiv the young anes nouadays nae respeck for their elders and betters?'

'Oh, and ae thing mair,' said the calfie. 'Wi a name like Cliff, I hae the feelin I micht bide young langer nor maist fowk. I ken I'm in nae hurry tae turn intae an auld grumph like you, onywey.'

Colin got sic a stammagaster, he couldna think o onything tae say, and the tink o a calfie gaed lowpin awa, fu o the joys.

Whyles life seems tae swick a body.

9 *The Ootlin Puddock*

Nae lang syne, there wis a puddock caa'd Eck. Nou, it's weel kent that puddocks dae three things: they loup, they sweem and they croak. Whaun it cam tae lowpin, Eck wis as guid as ony o his friends. He could get as heich-up as the lave o them. And the swack wee craitur could suin gang ower a bit burn sweemin, nae bother ataa. But, oh me, the croakin wis an awfu torment tae him.

It wisna that he couldnae dae it. He could dae it aa richt, and louder nor maist. He'd a croak fit tae burst onybody's lugs, but that didna help maitters. The sooth wis, it only made them waur. You see, his freens could croak whauniver they wantit tae: they did it at will, you micht say. But puir Eck didna. He niver kent whaun he wis tae brak forth wi a single croak or a haill bout o croaks. Somethin wad come ower him frae time tae time, and he wad find himsel croakin...

Tae the like o you and me, croakin michtna seem aa that important, and whit's mair we dinna think it aa that bonny tae hear. But wi puddocks it's a different maitter aathegither. Croakin is their chief glory. You micht ken that frae the fact that they hae Croakin Festivals siveral times a year, whaur solo croakers and croakin choirs get marks frae judges wha can tell bonny, skeely croakin frae the roch, gawkit kind. Tae win a prize at a Croakin Festival is ilka puddock's dream.

Mind, Eck did aince get intae a croakin choir wi the help o a freend cried Jock. He had dane Jock a guid turn, and seein Eck's hairt wis set on jinin a choir, Jock thocht he micht repey him that wey. You see, Jock's uncle wis the heid-bummer o the Gudgie Burn Croakin Choir. Weel, things were aa richt for a whilie. Though Eck didna mainage tae mak a soun in the choir, naebody kent, as they were aa ower thrang croakin themsels. But as ill chance wad hae it, things gaed sair wrang at ane o thae festivals. The Gudgie Burn Croakin Choir did their piece richt brawly, sae brawly that they were like tae win the prize. But the last notes were scarce croakit, whaun whit did Eck dae but lat oot a twa-three croaks – like the kinna body that sings 'Amen' aboot a meenit efter aabody else at the end o a hymn in the kirk, and maist times louder nor the lave o them. Weel, of coorse that spiled the choir's chances aathegither. Eck wis pit oot, as you wad jalouse, and nae ither choir wad luik at him efterhand.

It had niver been ony different for him frae the days that he grew oot o bein a tadpole. He wis aye the ane tae be left oot – the ootlin, you micht say. He'd spiled sae mony things he'd gotten intae, you see.

Aince the laddie-puddocks had taen him wi them tae steal food frae that auld miser, Hodge Puddock. Aabody kent the greedy craitur had a secret store o worms he had catcht wi his great, muckle, flichterin tongue. It wis thocht he had them hidden awa aneth a sauchtree by the burn. Sae ae day, the laddie-puddocks set oot tae sweem efter him, aa quait and sleekit-like. Shair eneuch he lowpit oot o the watter aside the sauch and gaed awa oot o sicht inowre the whin busses. Tig, wha wis the heid-bummer amang the laddies, gied a sign for the ithers tae creep back intae the watter and mak aff. The idea wis nae tae lat Hodge ken they'd fund his hidey-hole. Syne they wad come back some ither day whaun the auld greedyguts wisnae there and help themsels tae the worms. But guess wha gied the game awa? Aye, Tig had scarce gien the signal whaun Eck lat oot wi two thunnersome croaks… Efter that Hodge wad keep a guid watch ower his store, and micht aiblins muive it. That fairly scunnert Tig and the laddie-puddocks. They wadna hae Eck in their ploys again.

And nane o the lassie-puddocks wad luik at him forbye,

though he loo'd ane or twa dearly. They wadna lowp oot wi him on Sundays, and they wadna tak a sweem wi him. Wha wad hae merriet the like o him? Juist fancy haein a husband wha micht wauken you up in the wee smaa hoors wi croakin he had nae command ower! Fegs, that wad be waur nor haen a snorin man, and yon's nae picnic.

Sae, as time gaed by, puir Eck became mair and mair o an ootlin. Syne he did an awfu thing... the chieftain o the clan, the MacPuddock himsel, cam doun tae the Gudgie Burn tae be entertaint by the puddock-fowk there. Weel, it wis a grand occasion, and aa the fowk were weerin their maist shiny skins as they waitit on the bit grass while the MacPuddock swam in aboot, wi aa his servant craiturs and bodygairds ahint him. Weel, he had scarce but lowpit ashore and begun a hop or sae in the wey o the Gudgie Burn puddocks, whaun Eck tuik a byordinaur fit o croakin. The MacPuddock richt near gaed aff the legs, he wis that

sair fleggit by it, and efter that gat intae an awfu rage. For there wis ae thing naebody wis supposed tae dae whaun they were meetin in wi him, and that wis tae croak afore he did. It wis the heicht o bad mainners. The MacPuddock had aye tae hae the first croak, nae tae speak o the last ane anaa. Ony puddock brakin that rule had tae be punished.

Whaun the MacPuddock wis tellt that Eck wis a guid sweemer, he decreet that his punishment should be tae act as bodygaird tae his dochter, Ag MacPuddock, whauniver she wis in the watter. (A mair brosie puddock gairdit her on land.) Gin onything were tae happen tae Ag, Eck wad be pit tae daith. It wisnae muckle o an ootluik, for Ag had the name o bein a puddock that wis unco fond o sweemin, and, waur nor that, o tryin tae shak aff her bodygairds. Puir Eck had tae watch ower her for fear o his verra life.

For aa that, it gat near the season whaun puddocks gang tae sleep for the winter, and it seemed he micht juist mainage tae keep Ag safe, and himsel anaa, and syne get a guid lang rest. But na, na – things werena tae be that easy for him.

For ae day young Ag tuik a sweem in that pairt o the Gudgie Burn which jines the bigger Cluchar Watter. There had been some gey ondings o rain in the weeks afore, and the Cluchar Watter wis aa swallt, wi dubby, orra floodwatters. Eck wad hae been feart tae sweem efter her intae sic a rampagin torrent, but fine he kent he had tae. It wisna lang ere somethin gaed agley. A muckle bourach o brush-wuid gat sweepit dounstream towards Ag and Eck, and it hit them wi an awfu dunt. But waur nor that, they gat aa tanglit up in the twigs and branches, and there wis nae winnin oot. Nae that Ag tried tae, for Eck suin saw she wisnae juist stuck in the brush-wuid; she had been knockit oot in the stramash. For a meenit he thocht she micht be deid, and he fell near de'ed himsel.

In aa yon carashachlin o eddyin watters, there wis naething he could dae aboot freein them, mair especially wi

Ag in sic a dwam. But efter a whilie, he thocht the bourach wis muivin nearer ae bank o the Cluchar Watter, and he began tae grow mair hopefu.

But as ill chance wad hae it, whaun they were washt up on tae a bit sand, did they nae land richt in aneth a bit tree-trunk, hingin ower the lip o the bank, sae they wad be hidden frae the sicht o ony craitur abune. Naebody wad ken they were there.

Syne whaun Ag cam tae hersel a bit, she spiert at Eck whit wey he wisna croakin for help.

'I want tae, and I've tried tae awfu hard – honest I hiv,' he said, 'but I canna summon up a croak whauniver I want tae.'

And wi her bein sae dwaiblt, she couldnae dae it either, nae sae that onybody micht hear up abune. Weel, an awfu lang time gaed by, and the langer they were on dry land, the mair dangerous it became. For you maun ken, a puddock can only thole bein oot o watter for sae lang a time, and efter that he dees. Whyles Eck thocht he could hear puddocks and ither craiturs up on the bank, but, of coorse, they wad niver hae thocht that he and Ag were doun aneth. Whit he wad hae gien tae be able tae gie juist ane o the croaks he had frichtit the MacPuddock wi, then…

Suin he grew mair weakly himsel, and he wis shair that they wad dee ere lang. He began tae feel awfu tired anaa, and though he chaved himsel tae bide awauk, he couldna keep himsel frae noddin aff. Suin he wis dreamin, and whit a dream… He wis in a croakin competition, and whit's mair he wis croakin loud and clear, and better nor ony o the ither competitors, withoot a dout. The soun wis rich and velvety-kind – the croak o a champion.

Nou, it sae happent that auld Hodge wis takin along the river bank juist abune at that verra moment. Aince mair he wis flittin a birn o worms tae a new hidey-hole. (There wis aye anither race o puddock-laddies tae deave him whaun the last ane grew up.) He gat a richt stammagaster whaun he heard croakin doun aneth. He thocht: 'That's a croak I should ken. Aye... it's the verra ane that helpit me tae save a richt guid helpin o worms a puckle years syne.'

As the croakin didna stop, he gaed doun tae find oot whaur it wis comin frae, and sae cam upon the sleepin Eck and the unconscious Ag in the tangle o brush-wuid. Weel, he kent there wad be a wheen laddie-puddocks nae far ahint, sae he waitit, hidden aneth the tree-trunk, ere they were near, syne lowpit up and gat them tae come and gie him a hand at settin Ag and Eck free. They mainaged aa richt, wi muckle ruggin and rivin at the brush-wuid.

Efter it wis aa ower, Hodge tellt aabody whit a grand croaker Eck wis, and hou he had the best croak o ony puddock for miles aroond. And albeit he had been daein it in his sleep afore, Eck fund he wis croakin for joy efter the rescue, and better nor that – he could croak whauniver he socht tae, nou.

The MacPuddock wis sae pleased he made him his herald. Frae that time forrit, Eck wis the only puddock allooed tae croak first, afore his chief did. Weel, it wis pairt o his herald's duties tae annoonce the MacPuddock. Aa the same, he didna rest at being herald... Young Ag suin had him on for the chieftain's son-in-law.

Aften, whaun things luik their warst, they verra suin tak a turn for the better.

10 Ogilvy the Daftie Owl

Aabody kens that owls are wise craiturs. A glaikit owl is gey near unheard o. But, wae's me, that's juist hou it wis wi Ogilvy, and he wis sair affrontit aboot it, I tell you.

Whaun he wis but an houlet, his faither and mither had gey been concernt aboot him. They tuik Ogilvy tae aa the owl-doctors in the wuid, and even in the forest hard by, and socht tae ken whit they could dae aboot their gypit bairn. But aa thae cliver medicos could say wis: 'There's naething you can dae. You'll juist hae tae leave it tae time. Gin the time he dees, he'll be as gleg as ony ither owl.'

But it hadna prieved that wey ataa. For Ogilvy the owl had grown mair and mair doitit, the langer he lived. And nou, in his auld age, wi rheumatics in his richt wing and baith his een drappin watter aa nicht lang, he couldna dae onything richt, and didna seem tae ken ocht worth a docken. The ither owls aa leuched whauniver his name wis heard, and ill-trickit young houlets made up impident sangs aboot him.

The only wey Ogilvy could get by wis by bein honest. Whaun onybody caa'd on him at his nest in the hollow o an aik-tree, and socht his advice, he'd tell them he wisna like ither owls: he wis stuipit, and wad be shair tae gie them the wrang coonsel. And tae say sooth, Ogilvy gat by nae badly, wi this straucht-frae-the-shoolder honesty.

You see, he niver roosed onybody's dander. Naebody could be ill-naturt wi an owl wha wis sae ready tae caa himsel a dunder-heid. Mind, aince he richt near gat himsel intae trouble. A royal eagle, wi a rabbit stappit in his beak, lichtit on a brainch abune Ogilvy's nest and pit his bit prey doun for a meenit or sae. He wis an auld eagle, and he wis pechin and forfochen wi the trauchle o flicht. Luikin doun

frae the brainch, he spied Ogilvy snorin and snocherin in his nest.

'Hey there,' cried the eagle. 'Wauken up, and get aff your dowp, man. Dae you nae ken tae staund up in the presence o the king o the birds?'

Weel, Ogilvy hytert tae his feet, and tellt His Majesty he wis awfu sorry but he wis the maist gowkit o owls. The eagle had niver met an owl that wisnae mair cliver nor himsel afore, and he could scarce believe Ogilvy. Sae he gied him a bit o a test, or quiz – ken whit I mean? He shied a puckle questions at him, aa richt simple, like ' Whit day cams efter Setterday?'

'Dod, I uist tae ken,' said Ogilvy, 'but my memory's nae whit it uist tae be. Wad it be Tuesday, aiblins?'

Anither thing the eagle spiert wis: 'Whit tree daes a chestnut grow on?' Wi muckle scrattin o his pow, Ogilvy replied: 'I'm nae juist shair. Could it be a birk?'

The royal bird wis sae pleased tae meet an owl nae sae wise as himsel that afore fleein awa, he left Ogilvy a big daud o the rabbit, which keepit him in meat for gey near the haill week.

It wis the same whaun a muckle hillock o a cuckoo flew in-by his nest ae day and spiert: 'Wad you ken gin I'm the first cuckoo tae come here this simmer? I want mine tae be the first cuckoo-cry o the year in this airt, you see.'

'Oh, I couldna tell you,' said Ogilvy. 'You see, I'm the maist gypit owl that iver lived. I dinna ken onything.'

The cuckoo was richt interestit.

'You canna be a bigger gowk nor me, shairly. Why, that's whit fowk caa us cuckoos – gowks... '

Sae like the royal eagle, he gied Ogilvy a bit exam.

'You'd ken whit twa and twa mak?'

Ogilvy luikit richt doun-in-the-beak.

'There wis a time whaun I could dae real difficult sums,' he said, 'but I seem tae hae nae harns ataa nouadays. Twa and twa? Lat me see... Wad the answer maybe be fife?'

The ither bird clappit his wings wi delicht and cried 'Cuckoo!' wi a muckle yelloch you micht hae heard faur awa up in the hills. Syne he spiert at Ogilvy: 'You'd ken the colour o a yella yitie, wad you nae?'

'Och, man, you've nae notion hou blin I am, wi my wattery een in my auld age,' said the doolie owl. 'Forbye, I'm that dottlit, I could scarce tell you the colour o my ain feathers.'

The cuckoo wis sae kittl't, he tuik straucht up intae the lift like a laverock, syne flew straucht doun.

'Man,' said he, 'I'd like you tae come tae my hoose for your tea some nicht. Weel, I caa it my hoose, but it wis a cock-blackie biggit it, and I've taen possession o't. I promise you, I've some richt tasty meat there. Whitna nicht could you come?'

Ogilvy thocht for a meenit, and tuik a fly sklent at some clours he'd wrocht in the bark o the tree in-aneth his nest.

'It wad hae tae be Widnesday neist,' said he.

You see, there were fower bit marks on the tree, and that wis his wey o mindin himsel that on ilk ane o the neist fower nichts he wad be dinin awa frae hame. He'd gien sae muckle pleisure tae a craw, a blackie, a mavis and a peesie-weep that they'd wantit tae shaw him aff tae their wives and faimlies anaa...

Whaun the cuckoo wis oot o sicht, Ogilvy streekit himsel a bit, and wi a deal o fash made anither clour in the bark o the tree.

Said he tae himsel: 'Dod, I'm growin sae fat nouadays, I can scarce win up aff my hunkers.'

You'll aye be weel-likit gin you lat ither fowk think they're mair cliver nor yoursel.

11 *Hector the Wee, Wee Moosie*

Aince, there wis a moose caa'd Hector. He wis byordinaur wee, even for a moosie. Your faither could hae cairriet him easily eneuch in his waistcoat pooch, but first he'd hae had tae catch him.

For aa that Hector wis smaa-buikit, he wis big eneuch tae hae a mishanter ae day. He thocht there wis nae holie he couldnae squeeze himsel through, lat it be niver sae smaa. Sae whit did he try tae gang through but a bit gap atween twa boords in a gairden-shed. He wisna juist aa that glaikit, mind you. The gairdener had left a cheese-piece in the shed, and Hector had a fell lang neb. He could smell cheese abune aa ither smells even whaun the wind wis blawin the wrang wey tae cairry it. But he stuck in this holie and tint an awfu lot o hair ere he mainaged tae rug himsel oot. He wis black affrontit on the road hame, whaun some ither mice lauchit at him for haein a bare patch on the tap o his back. Forbye, there wis ane that cried oot efter him: 'Scraggit moose! Scraggit moose!' Hector mainaged tae haud back the tears, but whaun he creepit intae his holie-hame (in the skirtin-boords o a grocer's hoose) and saw his Ma, he couldna stop himsel frae greetin.

'Niver mind, laddie,' said his Ma. 'Your hair'll grow in again suin eneuch, and in the bygaen we could hap that bare bit wi somethin.'

Sae she oot wi her twiglets o knittin needles, and in nae time ataa had knittit him a green woolly square and had tied it ower his skin whaur the hair had got riven oot.

'Naebody'll caa you "scraggit moose" nou,' said she.

But Hector gat a sair begink whaun he gaed tae the schule the neist day. Ay, it's richt eneuch, mice hae tae gang tae the schule juist like you lassies and laddies.

Mind, they dinna study the same kinna subjects as the like o yoursels. Efter aa, a moosie daesna need tae be able tae read and write, though they are taught tae coont – nae verra faur, aiblins. Maybe up tae aboot ten and nae mair. Of coorse, it taks them a fell lang time o't tae win that faur. Mony a moose in the tapmaist class canna coont abune five or sax for aa his years at the schule. But they div tak some subjects that you dinna. There's Public Squeakin, tae name ane. The maist important bit o that is the Moose Code. Ae moose maun be able tae squeak a signal tae anither ane. Twa short squeaks means 'there's a cat fell near you,' and three short anes means 'it's gettin nearer yet.' Fower short squeaks means 'rin like a gairden-hose – the cat's aboot on you.' Still anaa, it's a brave moosie that'll bide lang eneuch near a cat himsel tae lat oot sae mony as fower squeaks. But you'll see that tae uis the Moose Code, they maun be able tae coont a bit. For things whaur there's mair time, they uis lang squeaks. Ae lang squeak, aa by itsel, means 'I think there's a richt guid nibble o cheese nae faur awa.'

Anither thing they learn at schule is Nest-Biggin. A moose maun ken the wey tae big a nest, and first he maun be taught hou tae mak his teeth shairp eneuch tae nibble awa at skirtin-boords.

Onywey, tae come back to oor tale o wee Hector. Whaun he gaed tae the schule weirin his green, woolly patch, the ither mice socht tae mak a gowk o him. Some said he maun be feelin the cauld and caa'd him a 'Mammy's Boy'. Ithers said he wis a big-heid, fancyin himsel, wi a woolly waistcoat on, but whit an unco place tae weir a waistcoat, on his back... Some socht tae ken whit wis in aneth the patch, and they were aa croudin roond him, ready tae rug it aff, whaun the teacher cried on them tae cam intae the classroom. The mistress (or Micetress, as they caa'd her ahint her back) wis Miss Louisa Nip-the-bad, and naebody – but naebody – iver tried ony argie-bargie wi her. Sae in they aa gaed, and Hector's woolly patch bade on his back.

They howpit the Micetress hadna seen them gettin ready tae rug it aff, but she had een in the verra tip o her tail, and didna miss a trick.

'Nou,' she squeakit, awfu fierce-like. 'I'll nip the skins aff'n you, gin I see ony mair gangin up on wee Hector. Div you hear me? I dinna ken whit wey he's dressed like yon, but it's nane o your business nor mine. You craiturs maun aye try tae bully onybody that's different frae yoursels. But we'll be on oor best behaviour the day, and div you ken for-why?'

Naebody did.

'Because Captain Fitewhuskers, the hero o the War against the Twa Ginger Tamcats is comin tae the schule later this mornin, tae gie you some trainin in self-defence. But ere he comes, we'll see hou guid you are at your coontin. Hou mony bits o stick div you see on my desk – quick, wha's first wi the answer?'

Weel, it wisna easy tae keep their minds on coontin that mornin. They'd aa heard o the great Captain Fitewhuskers and his brave deeds, and they were gey excitit. Ere he did arrive, the Micetress had had tae nip a hantle o the scholars for the mistaks they fell intae. Jimmy Squeakweakly even said twa sticks were ane...

Whaun the Captain cam in, they aa stuid up tae attention at the biddin o the Micetress. The Captain wis a muckle big moose wha touert abune them and he had a richt fierce luik in his ee. Suin he wis tellin them he wad tak them ootside and teach them hou tae defend themsels on a food-seekin expedition.

'Whaun we get near the place whaur we think there micht be food,' he said, 'that's whaur we maun tak special care. As aften as no, it's there that ony danger will be. Sae whit should we dae?'

Naebody spak. They were aa ower feart tae say onything in the presence o sic a braw hero-chiel.

'Weel,' he said. 'I'll hae tae tell you. Afore you gang

farrer, towards whit you tak tae be the food, you luik for weys o escape. And you try tae see mair nor ae holie, sae that there's plenty places for makkin a get-awa. Whaun you've made siccar that aabody kens whaur they are, you luik for the maist smaa holie. Whit wad you dae that for?'

Naebody seemed tae ken.

'I'll hae tae tell you for-why again,' roart the Captain. 'That's whaur you leave ane o your pairty on gaird. There maun be ae lad left ahint tae keep a luik-oot, and tae warn the ithers, wi the Moose Code, of coorse, gin ony danger threitens. And the reason for pickin the maist smaa holie for his place o watch is that yon's the ane an enemy, like a cat or even a rat, wad hae maist trouble winnin intae. But mind, it maun be big eneuch tae lat the maist wee moose, the ane left on gaird, win through it. Nou, afore we gang oot and practise bein a food-seekin pairty, staund up the moose wha is the maist smaa amang you aa.'

Hector wisna aa that keen aboot drawin attention tae himsel, but kent he wad hae tae staund up.

'Aa richt,' said the Captain. 'You'll be on for gaird.'

Syne he tuik a better luik at Hector.

'Whit's that on your back, lad?'

'It's a green woolly patch, sir,' squeakit Hector, nervous-like.

'Dae you tell me sae?' said Fitewhuskers. 'You maun hae gotten that daein some brave deed.'

Hector gied a bit hoast and wis aboot tae say hou he had gotten the green patch, whaun the Captain spak again.

'Weel, I dinna suppose you want tae blaw aboot it, and that's tae your credit. Heroes dinna blaw. They lat ithers dae the braggin. But, laddie, it's an unco thing is't no, that I hae a woolly patch on my back anaa?'

And the muckle Captain bou'ed doun, and they aa saw nae a green woolly patch but a reid woolly patch up on the tap o his back.

'I dinna weir a patch in the ordinaur wey o things,' he said, 'but a nurse pit that on there efter I had gotten my back clawit and markit wi the cleuks o ane o thae ginger tamcats. Nae dout, you had cam by yours in the same kinna way. You'll be juist the lad we need tae keep gaird this mornin.'

Efter that, there wis nae mair lauchin at Hector's green patch. The sooth wis, that ilka laddie in the class wad hae gien onything tae be weirin ane like it...

Dinna be ower ready tae lauch at onything. For the thing you lauch at ae meenit, may weel be a badge o honour the neist meenit.

12 *The Whyles Magic Puddock*

Wad it nae be braw tae be able tae grant fowks' wishes, juist like a fairy godmither? Flip the Puddock's Uncle Croaker could dae it, but nae aa the time – juist whyles. Forbye, he niver kent whaun he wis gaein tae hae a magic moment and whaun he wisna. A gift like yon could be a bit o a heidache nou and then.

Tae gie you an instance, ae mornin, nae langsyne, Flip and Uncle Croaker were oot hoppin. Stottin up and doun like yon keepit them fit and swack. It wis the puddocks' wey o joggin. They were hoppin awa in the street near the park yetts, whaun Flip said: 'I wish I could lowp up real heich. In fack, I wish I could lowp heicher nor ony ither puddock in the warld.'

'I wish you could, laddie,' his uncle answered. (Croaker fairly likit tae blaw. He could pictur himsel amon a wheen o puddocks layin aff aboot his nephew's muckle lowps.) He luikit roun tae tell Flip he should practise lowpin ilka day. But whaur wis the craitur? Uncle Croaker luikit left. He luikit richt. He glowert afore him, and he glowert ahint.

'Bless my baritone voice,' he croakit. 'Whaur can the laddie hae gane?'

It wis then he heard Flip cryin oot hyne abune him, 'I'm up here. I've dane a wunnerfu lowp, sae I hiv.'

Uncle Croaker luikit up. The sun wis shinin and it wis near ower bricht for him tae see whaur Flip wis. But he got a richt stammagaster whaun he catcht a glisk o his nephew – a wee, wee puddock heich up on tap o a lamp-post.

'Bless my craig,' croakit the uncle. 'Yon wis a wunnerfu lowp, richt eneuch… Dae you ken,' he gaed on, thochtfu-like, 'I maun hae grantit your wish. Ay, that's fairly the wey o't.'

'Weel,' cried Flip, 'nou I'd like tae be able tae win doun athout daein mysel ony skaith. Yon pavement ablow luiks gey hard. I could easy get a richt coorse sklyter.'

'Of coorse, Flip,' said Uncle Croaker lauchin. 'Dinna fash yoursel. It'll be nae bother. I hereby wish you a saft and safe landin.'

But Flip didna stir frae the lamp-post.

'Come on, lad,' cried his uncle. 'Doun you come.'

'It's nae uis,' said Flip. 'Gin you'd been haein ane o your magic moments, I'd hae lowpit athout kennin I wis daein it.'

'Weel, I suppose I maun juist keep tryin,' croakit his kinsman (but he wisna awfu easy in his mind aboot it nou).

Forbye, birds startit tae flee aroun puir Flip. A speug tellt a magpie there wis a puddock up a lamp-post. The magpie tellt ither birds, and puckles o them flew inaboot tae get a glisk o sic a ferlie. The waurst wis whaun a tink o a stirlin cam and declaurt that the tap o the lamp-post wis his

private perchin place.

'Onywey,' he spiert, richt nesty-like at Flip, 'whit are you daein up there?'

'I… I lowpit up,' said Flip. (Bein a slidderie puddock, he wis sair trauchled tae haud on tae the lamp-post.)

The coorse stirlin lauchit. It wisna a bonny soun.

'Whit? You couldnae lowp ower a buttercup. You maun hae sproutit some secret wings. Onywey, I've some business tae dae nou, but I'll be back ere lang. And then, gin you're nae aff my lamp-post, I'll caa you doun wi my beak.'

'Ooh, did you hear yon?' cried Flip tae Uncle Croaker. 'And I'm like tae skyte aff here ony meenit. You'll hae tae dae something.'

His uncle tried awfu hard. Aye he wad say: 'I wish my nephew wis safe doun here,' but it didna mak ony difference – naething happent.

The auld chiel couldna bear tae bide and see Flip comin doun wi an awfu yark on yon hard pavement. Sae he hoppit intil the park. There wis a burn there whaur Flip's mither bade. Uncle Croaker thocht he'd better lat her ken she micht niver see her loon again.

He wis near the bank o the burn, whaun he gied a lang sigh, sayin tae himsel: 'If only this awfu thing had niver taen place.'

And he'd scarce said it whaun he fand himsel aince mair ootside the park yetts, hoppin alang aside Flip the puddock. Aathing wis juist the wey it had been afore his nephew had lowpit on tae the lamp-post.

Then Flip said: 'I wish I could lowp up real heich. I wish I could lowp heicher nor ony ither puddock in the warld.'

'That's nae a guid idea, laddie,' replied Uncle Croaker. 'You see, you niver ken whaur you micht lowp tae…'

We're aft-times in the wrang o't whaun we think we ken whit's guid for us.

13 *A Muckle Craitur*

Flip the puddock wis stottin doun a path in the park ae day. He wis wi his Uncle Croaker, a cliver auld puddock wha could whyles grant fowks' wishes for them, but could niver be shair whaun he wis haein ane o his magic moments. They were mindin their ain business, whaun sudden-like twa dogs cam lowpin straucht for them. Ane o the beasts, a brosie Alsatian, didna see them ataa, for his thochts were taen-up wi chasin the t'ither ane. Sae he couldna help catchin Flip wi a nesty kick as he gaed by. Puir Flip wis caa'd tapsalteerie and gaed rowin ower and ower. Syne he sat up, feelin richt sair, and said: 'Whyles I wish I wisna a puddock. A puddock is awfu wee – a sharger nae less. It wad be braw tae be a muckle hillock o a craitur for a cheenge.'

'Ay, I suppose it wad,' replied Uncle Croaker. The verra neist meenit he fand himsel staundin hard by an elephant. There wisna hide nor hair o Flip onywey rounaboot.

'Bless my macho croak,' he cried. 'Hou did an elephant win here? And whit's become o Flip?'

'I'm here,' said a voice which seemed tae be hyne abune him. In fack, it seemed tae hae come frae the elephant. 'You've dane it aince mair,' the voice gaed on, 'you maun hae grantit my wish.'

'Guidsakes,' gaspit his uncle, 'am I nae a gey smairt billy tae hae turned a puddock intae an elephant? Shall we cairry on though wi oor hoppin ben the park? But mind and tak tent nae tae pit your muckle feet on me. You maunna be squashin a magic puddock, you ken.'

Flip (nou an elephant) ettled tae hop ben the park, but suin gied up.

'Dae you ken this, Uncle,' cried he, 'it's nae pleisure bein an elephant. I dinna hae ony spring and pith in me nou. Wi a muckle rickle o a body like this, I can scarce stot and hop. And I could dae't nae bother ataa whaun I wis a puddock. Mind, I am seein hyne awa frae up here. It's a rare view, sae it is. But whit's this nou? There's a wheen bairns fleein ower here. Whit wad they be seekin?'

The weans were aa gaein wi themsels, fair excitit tae daith sae they were. They'd niver seen an elephant in the park afore, and nane o them had sae muckle as seen it comin in there. Some were suin ettlin tae ride on its back. But they didna daur gang richt inaboot tae Flip, for he wis awfu big and they were frichtit kind. Insteid they roart things like, 'Hello there, Jumbo,' and 'Whit a peety we've nocht tae feed him wi.'

Their cries brocht an auld man inaboot.

'I hae a puckle rolls and sandwiches,' said he. 'Lat's see if the beastie's hungert-like.'

This wis juist whaun Flip wis wunnerin whit his trunk wis for. Whaun you've been a puddock aa your life, you dinna quite unnerstaund aathing gin you turn intae an elephant sudden-kind. He thocht his trunk wis aiblins for blawin through. He'd seen bandsmen in the park playin trumpets and trombones. And sae juist whaun the auld man wis stappin a roll intae the end o his trunk, Flip wis puffin oot through it. He wis howpin tae hear a fine soun.

Of coorse, he blew the roll back intae the auld chiel's face, and aa the bairns had a richt guid lauch. The auld man wisna weel pleased and he cried oot: 'You pick-thank-you craitur, you. You dinna deserve tae get ony meat.'

Uncle Croaker wis nane ower shair whit the trunk wis for either. Maybe Flip needit it tae draw breath through, or wis it aiblins a piece o hosepipe for squirtin oot watter? He didna like the idea o the auld man steekin up the openin. Uncle Croaker fand himsel wishin a puckle times that his nephew could be a puddock aince mair. But nocht cam o't. He wisnae haein magic moments then.

Syne a park-keeper cam inaboot and declaurt, in a loud voice, that elephants werena permittit in the park. Whase beast wis't, he spiert, angry-like. Of coorse, naebody said he ained Flip.

'Sae the craitur's lost-property, is't?' said the park-keeper. 'Weel, nae dout somebody'll come for it suin. Efter aa, you wadna be lang ere you kent you'd tint an elephant,' he lauchit.

But time gaed by, and there wis still nae sign o onybody seekin it.

'I'd better phone the polis,' said the park-keeper. 'Aiblins it has gotten awa frae some circus. Nou, dinna lat it gang awa. I'll send some chiels ower wi sticks tae help you bairnies.'

At yon moment Flip wis feelin gey cauld, and he didna care a docken for his soukit-dry elephant-skin. He thocht hou fine it had been tae be a puddock, able tae sweem in the braw weet watters o the park burn. And wis Uncle Croaker aye there, doun ablow?

Suin a polis-car drave inaboot and oot steppit PC Nabb.

'Hullo, hullo, hullo,' said the constable, 'we canna hae this. Yon animal will hae tae be lockit awa somewey in the meantime. I expeck he's quite valuable.'

But whaur can you lock up the like o an elephant? Someone suggestit the bus garage hard by the park wad be big eneuch. The bus company michtna be pleased aboot it, but PC Nabb said, 'They'll hae tae gree gin I say so.'

The chiels wi the sticks were juist awa tae powk and prod at Flip, tae get him oot o the park, whaun Uncle Croaker sighed: 'Gin they wad but realise that Flip's a puddock…' And it maun hae been ane o his magic moments. For there they stuid, beatin the air awa abune a puddock, wha begood tae hop aff at full slap.

Aabody felt richt glaikit. Even PC Nabb felt a bit o a gowk. But he niver likit tae seem wrang, sae afore gettin back intil his car, he said: 'Weel, I dinna ken hou you fowks could iver hae thocht a puddock wis an elephant. It fair beats me, sae it daes.'

And he drave awa, in a rickle o stour, leavin ither fowk scrattin at their pows.

Nae ilka skinklin thing is the true gowd.

14 *Three Gleg Craiturs*

Ae mornin, Rusty the robin gied his wings a bit rax, tuik a quait yawn, and said tae himsel: 'It's sic a cauld day o snaw, I think I'll juist bide in the day. I winna gang oot ataa. Aye, and mair nor that, I'll courie doun and hae anither sleep.'

Rusty's hame wis inowre the tuim shell o a coconut. The coconut had been clappit-tae tae the trunk o a tree in the gairden neist tae oor ane. Mrs Laing had pitten it there a gey while sin. At yon time it had been fou o white flesh, and a hantle o birds had peckit at it. Suin they had peckit it fell clean. Rusty had been fleein ower the sea frae anither countra in thae days. Sae whaun he won tae Mrs Laing's gairden, the coconut shell wis tuim.

Insteid o bein mad aboot it, he had been richt pleased. You see, he wisna seekin efter meat at yon time: it wis a hame he wantit. He mindit hou langsyne his Dad had biggit a nest inowre an auld hat. The hat had been hingin aside a claes-line. Rusty had been born in't and richt snod it had been. But nae aa the time... Whaun it wis rainin or dingin-on snaw, the hat wad grow aa weet and droukit-kind. And sae wad the twigs and feithers inowre it. That gart Rusty and his brithers tak tae chitterin and they couldna get sleepit for't. They were babbies, athout ony muckle, warm feithers, but wi juist saft, fluffy doun on them.

Sae, on yon cauld mornin o snaw whaun he bade inowre his coconut shell, afore he gaed aff tae sleep aince mair, he said tae himsel: 'By jings, I think I maun be mair wyce nor my Dad wis. Richt eneuch, I maun be. For this coconut shell winna grow weet and droukit-kind like yon auld hat.' And byordinaur pleased wi himsel, he dovert ower aince mair.

Whaun he wis weel aff tae sleep, he had a dream. He dreamt that the coconut shell had grown tae a muckle bouk: three or fower times mair wallopin nor it really wis. It had turnt intae a coconut shell palace and he had become king o a the robins. The ither robins had priggit wi him tae be their king wi him bein sae gleg, you see. Rusty felt mair pleased wi himsel nor iver.

Nou whaun the robin wis sleepin in his coconut shell, Spurgie the sparrow wis takkin tent o the gairden frae his nest juist aneth the ruif o Mrs Laing's hoose. Spurgie wis sair hungert, and wi the want o meat, the craitur wis awfu cauld anaa. He howpit that Mrs Laing wad suin apen her back door and shy oot a puckle crums. Gin she wad dae that, he wis shair he could get them. He had catcht a glisk o Rusty takkin a bit yawn and glowerin up, and he kent the robin wis sleepin aince mair. Rusty didna like Spurgie bein in yon gairden. Like aa robins, he threipit that whaur he bade maun be *his* grund. He could be richt coorse wi ither birds there.

Forbye, Spurgie kent that McWhiskers, Mrs Laing's cat, had gane awa somewey. McWhiskers wis a tink o a cat. He wis aye seekin tae catch Spurgie, or Rusty, or ony bird that cam tae the gairden. But the sparrow had seen McWhiskers come oot at the back door and gang aff roond the gale o the hoose.

Sae, nae lang efter, whaun Mrs Laing did come oot and pit doun a skimmerin o crums, Spurgie kent he wis safe. Rusty wad be sleepin and McWhiskers hyne awa in the streets. The sparrow came fleein doun richt quait-like and creepie-creepit ower tae the crums. He wantit tae be shair o nae waukenin Rusty. Whaun he wis gollopin doun the crums, he thocht tae himsel: 'I'm a richt smairt chiel. I bade waukent whaun Rusty sleepit, and I tuik tent o McWhiskers nae bein here. Ken this? I'd caa mysel a richt cliver sparrow.'

But McWhiskers hadna gane stravaigin in the streets. Whaun he had fund hou cauld it wis ootby, he had gane roond the gale o the hoose and had waitit nae faur frae the front door. Syne, whaun Mr Laing had apened it tae come oot, he had nippit inowre aince mair. And nou he wis streikit oot afore a bonny, lemin fire, and wis sayin tae himsel: 'Hou wyce I wis tae come in and hae the pleisure o this fine het fire. Nae bird wad be sae glaikit as tae come doun in the gairden the day whaun it's sae cauld.'

Sae ilk ane o them – Rusty, Spurgie and McWhiskers – thocht hou gleg he had been. But aiblins nane o them wis sae wyce as he thocht. Whit dae you think?

15 *Polis Puss*

Characters

Dickson, the village polisman's pussie-baudrons
Tortie, Dickson's wife
Lex the Labrador dug
Imp the gallus kittlin
Billy the blackie
Hammie the hurcheon
Carrie the cou
Meck the mavis
Sammy the speug

Key to Tunes sung by birds:

Tune **A** – *The Campbells Are Comin*
Tune **B** – *There's Nae Luck Aboot The Hoose*
Tune **C** – *Scots Wha Hae*

The play taks place ootside the village polis station on the girse. Nae scenery is needit, but on the richt side o the stage, projectin frae ahint the wings is a waa. This micht be made o boxes, pentit tae luik like a waa. It is needit for the entries and exits o the birds, seein we canna shaw them fleein. It maun be towards the middle or back on the richt side o the stage seein that the door o the polis station is in the front pairt o yon side. There's nae caa tae hae a door – it's juist whaur Dickson and Tortie enter and exit front richt. Whaun the fable begins, Dickson is streikit oot on the girse afore the polis station, at peace wi the warld and his een hauf-shut.

(Enter TORTIE frae the richt)

TORTIE: Are you gaein tae sit aboot oot here aa day, man? You ken fine we've fower kittlins tae tak care o, and you could aye be daein something uisfu, like teachin the craiturs hou tae wash themsels and keep themsels clean.

DICKSON: It's nae for the like o me tae be daein yon kinna
    darg. That's their mither's job shairly. It's in your
    line, nae mine.

TORTIE: And whit dae you think you should be daein then?
    You canna still hae your heid filled wi yon polis
    havers? I thocht you wad hae gotten ower that gin
    nou, Dickson.

DICKSON: I canna get it oot o my mind, lassie. Efter aa,
    considerin we live in the village polis station and
    belang tae PC Dougal Kerr, wha should tak on the job
    o polis cat and keep the animals o the place in order
    but me? Forbye, I've tellt a wheen o them this verra
    week that that's whit I consider mysel, and dae ye
    ken, I think some o them hae come roond tae the idea.
    Nou, gin I'm tae be the polis puss, I maun be oot here
    on the girse in front o the polis station tae tak tent o
    things. And I hae tae be here gin ony animal wants tae
    consult me, or spier at me aboot onything.

TORTIE: Ach, it's juist a ploy tae lat you sit aboot and dae
    naethin aa day.

DICKSON: Oh, I wadna say that. I'll tak a dauner roond the
    village suin and dae my beat-duty. That's a pairt o the
    job anaa, Tortie.

TORTIE: Aye, but you like it better juist sittin here in your
    'station', as you caa this bit o girse. You winna be
    daein mony beat-duties. Aiblins nou and then, you'll
    maybe want tae powk your neb intae whit's gaein on
    doun the High Street. But you're nae like tae shift
    your flesh frae here verra aften.

DICKSON: Wheesht, wumman. That's nae wey tae speak
    tae a polis cat. You maun show respeck. You should
    be an example tae the ither animals.

TORTIE: Ach, I dinna hae time tae staund aboot here
    bletherin tae you. And there's yon auld fuil o a
    Labrador, Lex, comin in aboot. I'm awa tae tak care o

the kittlins. (*TORTIE exits richt*)

DICKSON: Och, could you nae bide a wee, Tortie? I'm sick scunnert o Lex wi his complaints. He's aye comin here girnin aboot something.

(*Enter LEX left*)

DICKSON: Oh, guid mornin tae you, Lex. It's a braw day, is't nae?

LEX: I canna caa ony day braw whaun ane o my beeried banes gets stolen. That's the third ane I've had nickit this week, and me cheengin my place for beeryin them anaa. Man, hae you had ony success in findin oot wha stole the ither twa? Mind, I reportit ane yestreen and anither the day afore?

DICKSON: My enquiries are gaein on, and I howp tae hae something tae tell you or lang.

LEX: Aye, but hou lang is 'or lang'? And hae I tae loss a bane ilka day afore that?

DICKSON: Polis wark canna be rushed. You canna hash and hurry it, you ken.

LEX: Weel, I maun say I'm richt disappeyntit in you. The wey you catcht the mice that were rypin the cheese in the grocer's shop last week gart me think you maun be a lichtnin detective. But nou I see I wis wrang.

DICKSON: There's whyles a case that disnae tak sae muckle time tae solve. But nou, Lex, aboot the beeried bane you've lost the day – whaur did you beery it this time?

LEX: Ach, it's nae worth a body's while tellin you. You winna get it back, that's ae thing shair.

DICKSON: I winna mainage if I'm nae tellt. But please yoursel… I've a fowth o polis wark tae dae athout you comin here and greetin aboot lost banes. I wadna care gin it wis richt meat, like a plate o fish you were lossin, but banes aa pickit bare? I wadna gie them a second thocht mysel.

LEX: That daes it. I winna fash mysel comin here wi crimes

for you tae solve anither time. My certes, I'll get tae
the bottom o the bane thefts athout your help. Sae
there…

(*LEX stalks oot angry-like, left; DICKSON curls up and hauf-shuts his
een*)

DICKSON: This is mair like it. I'm fair forfochen and could
juist dae wi a bit nap. Bein a detective's a sair
trauchle, and I need rest tae keep my harns shairp.
I've tae be richt fly and gleg in this job.

(*He is juist drappin aff and snorin mair nor a thochtie whaun IMP,
enterin left, lats oot a richt cat's squalloch*)

IMP: … MIAOW…

DICKSON: Mercy me, whit's adae? Is the polis station on
fire?

IMP: Weel – are you nae a richt fine polis cat? Stechin
aboot there on the girse, as gin you were in your bed. I
could hae been inowre the polis station and awa wi
the haundcuffs and you'd niver hae kent o't. You'd
hae juist gane on wi your snorin and your snocherin.

DICKSON: Na, na. You've got it wrang, Imp. I wis but
makkin on tae be sleepin.

IMP: You were soun asleep, and that's aa aboot it. You
canna swick me. Man, you're ower auld tae be a polis
puss. That's for-why you're aye sleepin. And whaun
hae you solvit ony cases? Oh, I ken aboot you catchin
the mice in the grocer's shop last week, but ony cat
should be able tae dae that, even ane as slow as
yoursel.

DICKSON: Gin you gie me ony mair o your lip, I'll suin
show you I'm swack eneuch tae catch you and gie you
a richt hidin.

IMP (*lauchin*): I think I see you tryin. Onywey, gin you're a
polis cat, should you nae hae a uniform?

DICKSON: That juist gangs tae show hou ignorant you are.
Hae you niver heard o bobbies in plain-claes? Weel,
I'm ane of them.

IMP: Plain-pelt mair like it, and richt eneuch, your fur is aa plain and gey pickit-like anaa.

DICKSON (*roosed*): I've had aboot aa the impidence I'm willin tae tak frae you, you young deil. Ony mair o't and I'll –

IMP: Dae whit?

DICKSON (*important-like*): I'll arrest you, that's whit I'll dae. Sae there…

IMP (*lauchin*): You'll arrest me? You and wha else? And whaur will you pit me? You haena ony cells, and I dinna think PC Dougal Kerr wad want ane o his occupiet by a cat. Weel, weel, I'm nae gaein tae pit aff the time o day listenin to ony mair o your havers. But you maun be fair doitit gin you think ony o us tak you serious-like. Aiblins some o us micht humour you whyles, but you dinna fleg onybody wi aa your blowsterin aboot bein a polis cat. Gang back tae sleep. You micht dream o bein Sherlock Holmes.

DICKSON (*makkin a muive*): I'm nae gaein tae thole ony mair o your snash. Gin I get my teeth intae you –

IMP: You winna catch me… You couldnae even catch your ain tail. Ta, ta.

(*IMP rins aff left; DICKSON thinks o gien chase, but lies doun again*)

DICKSON: Ach, why should I get mysel aa warked-up and excitit ower a young tink like Imp? Aa the same, I'm beginnin tae think a body disnae get muckle respeck in this job.

(*He's aboot tae hauf-shut his een again, whaun BILLY creeps quait-kind alang the tap o the waa ahint him*)

BILLY: The seagulls are comin – awa, awa!
   The seagulls are comin – awa, awa!
   The seagulls are comin,
   They're spilin oor crumbin,
   The seagulls are comin – awa, awa!   *(Tune A)*

DICKSON (*turnin, his side tae the audience*): It's you, is't Billy? Whit's aa yon aboot seagulls in your sang?

BILLY: There's nae crumb aboot the place,
　　　There's nae crumb ataa,
　　　But they get in and snap it up
　　　And tak it richt awa. *(Tune B)*

DICKSON: You mean they're nae leavin a perlicket for you ither birds?

BILLY: There's nae crumb aboot the place,
　　　There's nae crumb ataa. *(Tune B)*

DICKSON: Aye, aye. I heard you the first time. But I dinna see whit you expeck me tae dae aboot it.

BILLY: You could nick them and nab them, anaa, anaa.
　　　(Tune A)

DICKSON: Aye, but I maun be fair in applyin the law, and gin crumbs are lying aboot in back-yairds and gairdens, they dinna really belang tae onybody. Sae the seagulls hae as muckle richt tae them as you ither bird craiturs.

BILLY: They come and they fleg us awa, awa!
　　　We need proteckin by law, by law. *(Tune A)*

DICKSON: Ah, but I canna be aawey, can I? I'd need tae be a bird mysel, wad I nae, tae catch thae seagulls. Mind, I suppose you and your freends could be a kinna fleein squad, and aiblins could help the polis here – that's me – by reportin ony seagulls that were demandin crumbs wi menaces, sae tae speak. Syne I could maybe gang oot and arrest them whaun they were dozin on the sea waa efter their meal. Mind, ae seagull luiks awfu like anither seagull tae me. But ane o you fleein squad chiels could keep me richt, by fleein abune ony guilty seagull. Aye, a 'Fleein Squad' micht be the answer. Whit aboot it? Spier at your freends, will you?

BILLY: We can gie it some thocht anaa, anaa,
　　　And think gin it's ill or it's braw ataa. *(Tune A)*

(BILLY rins aff richt alang the waa)

DICKSON: Whit a fuss aboot a puckle crumbs! Birds! I

dinna ken why I fash mysel wi them. Aa the same, a
guid polis force needs a fleein squad. It micht tak a
trick (*luiks tae his richt*). Oh me, here's Hammie the
hurcheon traiklin in aboot. The spiky craitur's aye
girnin on aboot somethin.

(*HAMMIE enters left*)

Weel, weel then, Hammie whit is't the day wi you?
There'll be somethin you're nae pleased aboot?

HAMMIE (*hoastin*): You're deid richt, Dickson, there is. And
it's time you, as oor bobby, wis daein somethin aboot
it, anaa.

DICKSON: It maun be fell coorse. Whit is't then?

HAMMIE: It's aa the squallochin and yellochin thae cats get
up tae at nicht, siclike as means a body canna get a
wink o sleep some nichts.

DICKSON: Aiblins some fowk micht be a bit deaved by the
speerited young cats o the village, but there's a gey lot
o them, and I canna howp tae gar them aa wheesht o a
nicht.

HAMMIE: Aye, but it's your duty tae pit a stop tae a public
nuisance, is't nae? And gin you wad deal wi the
waurst o them, it wad aye be somethin.

DICKSON (*quait-like*): You wadna be meanin Hector, wad
you?

HAMMIE: Aye, it's him richt eneuch, him that they caa the
Terrible Tamcat. He's that big-heidit, he's aye sounin-
aff aboot somethin. Juist because there's nae ither
tamcat can staund up tae him. Nou, gin you could pit
his gas oot at a peep that wad mak the ithers tentie o
kickin up a reamish at nicht, and I micht get some
sleep.

DICKSON (*thochtfu-like*): Weel, I'm nae juist shair aboot
things.

HAMMIE: You're feart at him!

DICKSON: Oh na, niver. But – weel – you see I think his
voice isna sae bad as some o the ithers.

HAMMIE: Whit?

DICKSON: In fack, come tae think o't, he's a real braw
     singer.

HAMMIE: Gae awa, man. You're juist feart at him. It flegs
     you tae think o haein tae deal wi him.

DICKSON: Naethin o the sort. I dinna fleg sae easy.

HAMMIE: Hou could you staund there and caa *him* a braw
     singer? His scraichin wad wauken the deid in the
     kirkyaird.

DICKSON: Aiblins you bein a hedgehog, you dinna hae an
     ear for guid music. Us cats are better judges.

HAMMIE: I ken a scunnersome din whaun I hear it. Sae
     you're nae for tacklin the terrible Hector? Weel, weel,
     some polis cat you are… I micht hae kent you'd be
     ower frichtit, sae I micht.

(HAMMIE exits left, fell scunnert)

DICKSON: That's nae richt. Gin he wisna sic a maestro o
     the miaow, I'd be doun on him richt smairt-like, I tell
     you. Ah weel, some fowk winna tak a body's word for
     onything. *(luiks tae his richt)*
     Oh na, that's nae Carrie the cou oot and aboot again?
     Whaun will Jamie Simpson mend the fences at his
     croftie up the road?

(CARRIE enters left)

CARRIE: Aye, aye, Dickson, it's a braw day is't nae?

DICKSON: Nou, Carrie, you ken fine you're nae meant tae
     be daunerin ben the streets like this.

CARRIE: Ach, a body growes gey weariet bein stuck
     inowre a park aa the time. I dinna see why I shouldnae
     gang oot and see the warld a bit, nou and then. Efter
     aa, you're free tae come and gae as you please.

DICKSON: Ah, but that's nae the same ataa, Carrie.

CARRIE: Whit wey is't nae?

DICKSON: Weel, for ae thing, I'm an officer o the law.

CARRIE: That's whit you say.

DICKSON: And onywey, I'm nae big and brosie like you.

You gar the street luik orra juist by staundin in it.

CARRIE: You're a cheeky monkey, sae you are!

DICKSON: Dinna miscaa a polis puss nou, or I may hae tae arrest you.

(*CARRIE lauchs*)

And anither thing. I could nab you for obstructin the traffic.

CARRIE: There's nae muckle traffic in this placie, and I could suin gang aff the street if a car wis tae come. I wis thinkin that's real fine girse you're on, ower there. That's anither reason why I like tae tak a bit walk, you ken. The girse ayont my park is aye greener.

DICKSON: You wadna daur tae ate the girse afore the polis-station, I howp?

CARRIE: I'm temptit kind.

DICKSON: Hae you nae respeck, wumman?

CARRIE: Girse is girse whauriver it is. And speakin o respeck, you dinna show muckle for me, Dickson. Mind, I'm a gey bit bigger nor you, and aulder too.

DICKSON: Hou can I respeck you whaun you winna bide in your ain park, like a guid cou?

CARRIE: I am a guid cou and I dinna see why I should be shut in for't. Gin a beastie is ony uis, fowk lock it in. It's uisless craiturs like you that are latten gang free. It's nae richt.

DICKSON: Me, uisless?

CARRIE: Juist aboot... You maybe tak a moose or twa, I wadna ken. But you micht show me respeck for a richt guid reason.

DICKSON: Oh, and whit's that?

CARRIE: It's the like o me that gies the cream you're aye sae ready tae drink.

DICKSON: Ah weel nou, you aiblins hae a peynt there. But whit's this?

(*Enter LEX left*)

LEX (*oot o breath kind*): I've juist come by tae say I've fund

the thief wha's been nickin my beeried banes, and I
did it mysel. Nae thanks tae you, and you supposed
tae be a polis puss.

DICKSON: Dae you mind? I'm haein a conversation wi this
cou here. I'll hear you later.

LEX: You shouldna be wastin your time claikin wi kye.

DICKSON: I'm nae wastin time. I'm tryin tae get her tae
shift hersel oot o here and back tae her park.

LEX (*as he is exiting left*): You couldna tell me Glen the
mongrel wis nickin my banes, and you winna hae ony
success wi the cou either. You're nae uis ataa, man.
She winna dae your biddin.

DICKSON: I'll show you!

CARRIE: Oh dinna fash yoursel. I'm feelin the need o bein
milkit, sae I'll awa hame tae the craft onywey. The
street winna luik sae orra efter that.

(CARRIE exits left)

DICKSON: Nou I've hurt Carrie's feelins. I niver meant tae
dae that.

*(BILLY, MECK and SAMMY enter richt, walkin alang the waa. DICKSON
notices them)*

DICKSON: Oh, it's you again, Billy. Weel, is this my Fleein
Squad, then?

BILLY: Oh we're nae shair aboot this ploy,
      We're nae shair ataa,
      For birds tae lippen on a cat
      Micht bring aboot their faa.   *(Tune B)*

DICKSON: And juist whit dae you mean by that?

MECK: Cats kill birds, we aa ken fine;
      Cats kill birds, we aa ken fine,
      Sae can we mak a freend o you,
      Wha on us weel micht dine?   *(Tune C)*

DICKSON: O come nou – I wadna dream o sic a thing.

*(SAMMY flaps doun frae the waa and staunds nae far frae Dickson.
DICKSON gies his lips a bit lick)*

SAMMY: Ah, I saw that. I saw you lickin your lips.

We canna trust this chiel ataa,
He's ettlin for tae ate me nou…   *(Tune C)*

DICKSON *(nane ower convincin-like)*: Havers! Whit gars you
think I'd like a skinny, shilpit speug like you for my
denner?

SAMMY: Aye, but you lickit your lips, did you nae?

DICKSON: Aiblins I did, but that wis because I'm gey dry
in the thrapple and needin a drink o cream. Aa that
talk o cream wi Carrie the cou's brocht on a thirst. I'm
awa intae the hoose for a drink. You chiels can please
yoursels. I'm nae that fashed aboot seagulls and
crumbs onywey.

(Exit DICKSON richt)

MECK: That wis gey venturesome o you, Sammy. You
micht hae been killed.

BILLY: Aye, a body can daur ower muckle whyles. Come
awa up here again, man.

SAMMY: Ach, I'll juist bide doun. He winna touch me
afore you anes. Bein a polis cat, he kens hou
witnesses maitter.

BILLY: Whit should we dae aboot this fleein squad notion
though?

SAMMY: I say we should forget aboot it. Yon Dickson's
juist said he's nae carin aboot seagulls and crumbs.
It's nae for daein, makkin freends wi a cat, onywey.

MECK: Gin fowk wad stick their bits o breid on Hammie
the hurcheon, he could aiblins keep them for us.

*(Afore onybody can answer, DICKSON re-enters richt, fair teirin oot
on tae the stage. SAMMY couries aneth the waa, but Dickson taks nae
tent o him)*

DICKSON: WHA'S NICKIT MY CREAM, AND FRAE INSIDE
THE POLIS STATION, ANAA?

(IMP appears frae the wings left, lickin his lips)

IMP: YOU'RE SUPPOSED TAE BE THE DETECTIVE HERE!

*(Wi a bluid-curdlin yelloch, DICKSON flees affstage left, chasin efter
IMP. The birds watch for a meenit)*

BILLY: Weel, weel, it's juist like I've aye said.

MECK: And whit's that?

BILLY: A body has plenty tae dae luikin efter his ain affairs
athout meddlin wi ither fowks'.

CURTAIN